港台名家名作

席慕蓉

经典作品

收藏书坊

当代世界出版社

责任编辑：耿　芸
封面设计：蒋宏工作室

图书在版编目（CIP）数据

席慕蓉经典作品/席慕蓉著．—3版．—北京：当代世界出版社，2012.8

ISBN 978-7-5090-0849-2

Ⅰ．席…　Ⅱ．席…　Ⅲ．①散文集－中国－当代 ②诗集－中国－当代　Ⅳ．①I217.2

中国版本图书馆CIP数据核字（2012）第169359号

著作权登记号　图字：01－2004－4235

出版发行：	当代世界出版社
地　　址：	北京市复兴路4号（100860）
网　　址：	http://www.worldpress.com.cn
编务电话：	(010) 83908456
发行电话：	(010) 83908410（传真）
	(010) 83908409
	(010) 83908423
经　　销：	全国新华书店
印　　刷：	北京欣睿虹彩印刷有限公司
开　　本：	700毫米×960毫米　1/16
印　　张：	18
字　　数：	270千字
版　　次：	2007年9月第3版
印　　次：	2012年10月第4次
书　　号：	ISBN 978-7-5090-0849-2
定　　价：	22.80元

如发现印装质量问题，请与承印厂联系调换。
版权所有，翻印必究，未经许可，不得转载！

目 录

散 文

谦卑的心	(3)
母亲最尊贵	(4)
窗前的青春	(5)
白色山茶花	(6)
幸福	(7)
理想	(8)
岁月	(9)
再会	(10)
我的苦闷	(11)
哭泣的女孩	(12)
春回	(13)
夫妻	(15)
母子	(16)
同学	(17)
同胞	(18)
回顾所来径	(19)
我的选择	(21)
孤独的行路者	(22)
唯美	(23)
桐花	(24)

眠月站	(26)
飞翔	(28)
独白	(29)
镜里与镜外	(31)
天真纯朴的心	(32)
孤独的树	(34)
此刻	(36)
寒夜	(38)
回音	(40)
意象的暗记	(42)
"古典主义"	(44)
驿站	(46)
此生·此世·此时	(48)
昔时	(50)
圆梦	(52)
昨日	(53)
妆台	(54)
旧事	(55)
默契	(56)
虚幻的栅栏	(57)
琴音	(58)
爱的絮语	(59)
成长的痕迹	(62)
我的记忆	(68)
几何惊梦	(72)
窗前札记	(75)
不忘的时刻	(79)
达尔湖的晨夕	(83)
中年的心情	(89)
欲爱的神殿	(93)

槭树下的家 …………………………………………… (99)

夏天的日记 …………………………………………… (103)

月色两章 ……………………………………………… (107)

心灵的对白 …………………………………………… (110)

花事 …………………………………………………… (113)

有月亮的晚上 ………………………………………… (121)

生命的滋味 …………………………………………… (125)

两种时刻 ……………………………………………… (128)

写给幸福 ……………………………………………… (132)

忧天三问 ……………………………………………… (136)

夏日 …………………………………………………… (139)

时光 …………………………………………………… (143)

红尘 …………………………………………………… (149)

美好的插图 …………………………………………… (155)

空白 …………………………………………………… (158)

悲欢之歌 ……………………………………………… (162)

模糊的愿望 …………………………………………… (167)

自由的灵魂 …………………………………………… (170)

诗

七里香 ………………………………………………… (177)

一棵开花的树 ………………………………………… (178)

古相思曲 ……………………………………………… (179)

祈祷词 ………………………………………………… (180)

千年的愿望 …………………………………………… (181)

山月 …………………………………………………… (182)

回首 …………………………………………………… (183)

给你的歌 ……………………………………………… (184)

邂逅 …………………………………………………… (185)

月桂树的愿望	(186)
孤星	(187)
茉莉	(188)
青春(之一)	(189)
青春(之二)	(190)
青春(之三)	(191)
莲的心事	(192)
晓镜	(193)
传言	(194)
抉择	(195)
重逢(之一)	(196)
重逢(之二)	(197)
树的画像	(198)
悲歌	(199)
戏子	(200)
生别离	(201)
送别	(202)
艺术品	(203)
非别离	(204)
如果	(205)
尘缘	(206)
错误	(207)
悟	(208)
绣花女	(209)
暮歌	(210)
隐痛	(211)
乡愁	(212)
命运	(213)
出塞曲	(214)
长城谣	(215)

美丽的时刻 …… (216)

新娘 …… (217)

伴侣 …… (218)

时光的河流 …… (219)

如歌的行板 …… (220)

爱的筵席 …… (221)

盼望 …… (222)

缘起 …… (223)

十六岁的花季 …… (224)

惑 …… (225)

疑问 …… (226)

我的信仰 …… (227)

山月(旧作之一) …… (228)

山月(旧作之二) …… (229)

诀别 …… (230)

溶雪的时刻 …… (231)

泪·月华 …… (232)

远行 …… (234)

自白 …… (235)

四季 …… (236)

楼兰新娘 …… (238)

短歌 …… (240)

印记 …… (241)

十字路口 …… (242)

山百合 …… (243)

悲喜剧 …… (244)

禅意(之一) …… (245)

禅意(之二) …… (246)

山路 …… (247)

际遇 …… (248)

- 诱惑 ……………………………………………………… (249)
- 请别哭泣 ………………………………………………… (250)
- 结局 ……………………………………………………… (251)
- 咏叹调 …………………………………………………… (252)
- 揣想的忧郁 ……………………………………………… (253)
- 美丽的心情 ……………………………………………… (254)
- 散戏 ……………………………………………………… (255)
- 雨中的了悟 ……………………………………………… (257)
- 生命的邀约 ……………………………………………… (258)
- 蜕变的过程 ……………………………………………… (259)
- 真相 ……………………………………………………… (260)
- 无心的错失 ……………………………………………… (261)
- 最后的藉口 ……………………………………………… (262)
- 流星雨 …………………………………………………… (263)
- 素描时光 ………………………………………………… (264)
- 残缺的部分 ……………………………………………… (265)
- 山樱 ……………………………………………………… (266)
- 雨夜 ……………………………………………………… (267)
- 成长的定义 ……………………………………………… (268)
- 雾起时 …………………………………………………… (269)
- 苦果 ……………………………………………………… (270)
- 雨后 ……………………………………………………… (271)
- 誓言 ……………………………………………………… (272)
- 我 ………………………………………………………… (273)
- 雨季 ……………………………………………………… (274)
- 沧桑之后 ………………………………………………… (275)
- 追寻梦土 ………………………………………………… (276)
- 篝火之歌 ………………………………………………… (277)
- 契丹的玫瑰 ……………………………………………… (278)

谦卑的心

有一阵子,我住在布鲁塞尔市中心,上学途中必定经过拉莫奈广场,在广场的角落经常有位老太太在那里摆个小摊子卖花。

有一个春天的早上,天气好冷,行人不多,她的摊子上已摆满了黄水仙,嫩黄的花瓣上水珠晶莹,在朝阳下形成一种璀璨的诱惑。我停下来向她买了一束,她为我小心地包扎起来,然后,在她把零钱找给我以后,我看到她匆匆地低头画了个十字。

我觉得很奇怪,忍不住问她:

"请问你这是为了什么呢?"

她抬起满是皱纹的脸来向我微笑:

"小姐,我每天在卖出第一束花时,都要向天主道谢。"

以后,每当我起了骄傲的意念时,我就会想起这位卖花的老妇人,和她的谦卑的心。

母亲最尊贵

我的学生说：老师，你别只描述你贵族的母亲，你也写一些世间平凡的妇人吧。你知道，有一些母亲没有美丽的面容，没有丝质的衣服，没有学识，没有地位，甚至没有娱乐，整天只有那无休无止的工作。跋涉在山间的小径上就如同跋涉在人间的长路上一样，有些很困苦的母亲，在走着很困苦的路呢。

我回答他说：母亲有了你和你的弟妹，再困苦的路她也肯走。你怎么能用外表的一切来衡量母亲的心呢？你要知道，所有的母亲，都是这世间最尊贵的一种种族。

窗前的青春

青春有时候极为短暂,有时候却极为冗长。我很知道,因为,我也曾如你一般的年轻过。

在教室的窗前,我也曾和你一样,凝视着四季都没有什么变化的校园,心里猜测着自己将来的多变化的命运。我也曾和你一样,以为,无论任何一种,都会比枯坐在教室里的命运要美丽多了。

那时候的我,很奇怪老师为什么从来不来干涉,就任我一堂课一堂课地做着梦。今天,我才知道,原来,他也和今天的我一样,微笑着,从你们年轻饱满的脸上,在一次次地重读着那我们曾经经历过的青春呢。

白色山茶花

山茶又开了,那样洁白而又美丽的花朵,开了满树。

每次,我都不能无视地走过一棵开花的树。

那样洁白温润的花朵,从青绿的小芽儿开始,到越来越饱满,到慢慢地绽放,从半圆,到将圆,到满圆。花开的时候,你如果肯仔细地去端详,你就能明白它所说的每一句话。

就因为每一朵花只能开一次,所以,它就极为小心地绝不错一步,满树的花,就没有一朵开错了的。它们是那样慎重和认真地迎接着惟一的一次春天。

所以,我每次走过一棵开花的树,都不得不惊讶与屏息于生命的美丽。

幸　福

　　幸福的爱情都是一种模样，而不幸的爱情却各有各的成因，最常见的原因有两个：太早，或者，太迟。

　　年轻的你，有足够的理由相信：你将会得到这世间最幸福的一份爱。

　　所以，我也有足够的理由劝告你，要耐心地等待。不要太早地相信任何的甜言蜜语，不管那些话语是出于善意或是恶意，对你都没有丝毫的好处。果实要成熟了以后才会香甜，幸福也是一样。

理 想

我知道，我把这世界说得太理想化了。可是，我并没有错，如果没有理想，这世界将会是一种什么样的面貌呢？

理想，在实现以前，有很多名字，它们是：幻想、妄想、白日梦，和，不可能。

可是，就是它，使得一个只能爬行的看守鸭子的小男孩，变成了受众人崇敬的学者与勇者。也就是它，使得一个患病二十多年，只有小学学历的女孩写出那么多本喜悦和美丽的书。

我们不能再找藉口说他们的成功是因为"得天独厚"了。非承认不可的是：他们的成功是因为他们有理想，并且，坚信不移。

岁　月

好多年没有见面的朋友，再见面时，觉得他们都有一点不同了。

有人有了一双悲伤的眼睛，有人有了冷酷的嘴角，有人是一脸的喜悦，有人却一脸风霜；好像十几年没能与我的朋友们共度的沧桑，都隐隐约约地写在他们的脸上了。

原来岁月并不是真的逝去，它只是从我们的眼前消失，却转过来躲在我们的心里，然后再慢慢地来改变我们的容貌。

所以，年轻的你，无论将来会碰到什么挫折，请务必要保持一颗宽谅喜悦的心，这样，当十几年后，我们再相遇，我才能很容易地从人群中把你辨认出来。

再 会

年轻的你,是分别的时候了,让我向你说一声:"再会。"

希望你会好好地长大,能变成一个自己心中愿意,并且他人也喜欢的那么样的一种人。

我不是不承认个人的价值,相反的,我常常认为,先要爱自己才可能去爱别人。

但是,你如果终生只停留在爱自己的角落里,那么,你将会失掉很多奋斗的机会,失掉好好地生活一次的权利。

一朵孤芳自赏的花只是美丽,一片互相依恃着而怒放的锦绣才是灿烂。祝你能有一个灿烂的明天。再会,我年轻的朋友。

我的苦闷

在一个阴雨的午后,一个学生怎样也调不出她想要的颜色,于是,我这个做老师的只好坐下来帮帮她的忙。

当她把调色板递给我的时候,那木头的光泽吸引了我,好漂亮的一块木头,拿在手上分量刚好,本色上刷了一层透明的漆,原来该是很浅的木色,大概是年代久远了的关系,经过了时光与人手的抚摸,让原来单纯的木色变得古雅厚重,木纹又极为细致,就好像中古世纪西方宗教画上的那一层釉彩一样,整块木板有着一层无法形容的美丽光泽。

"这是在哪里找到的调色板?"我问学生。

她有点含羞地微笑了:

"这是我爸爸的,我爸爸年轻时用的。"

"他现在还画吗?"

"不啰!早就不画啰!我爸爸现在在开电器行。可是我考取了美术科,他比谁都高兴,这块调色板是他找了出来给我的。"

年轻的父亲在用着这块调色板时,曾有过多少年轻的热情和年轻的希望?而在隔了二十到三十年后,在尘封的角落里找到它,把它交到想学画的小女儿的手上时,又是一种什么样的心情呢?是一种补偿的快乐?还是一种再生的希望?

在阴暗的画室里,手上拿着这块调色板,我心中有着很强烈的感动,别人是怎样地把儿女托付到我们手中的啊!他们用着多谦卑与多热切的态度,希望我们能够,请求我们能够,使他们的子女进入一种境界,达到一种要求,实现一个从几十年前便开始盼望着的幻梦与理想。

我肩头负着的是怎样的一副重担!而我,我尽了力吗?我真的可以问心无愧吗?

我开始觉得苦闷了。

哭泣的女孩

我们这个社会常常喜欢苛责于人，我也不例外。

有一天，取道高速公路北上，在经过杨梅收费站的时候，车子在站前大排长龙，老远老远地就要停了下来，然后再慢慢地一辆车一辆车地挨过去。

那是个傍晚，我原来并没有什么急事，可是周围的气氛也影响了我，有不断按喇叭的、有开了窗户伸出头来大声咒骂的、有频频看表又摇头叹气的；使我也禁不住在心里嘀咕起来了！

"到底是怎么一回事？怎么有这么笨的人！"

看得出来我们这一条车道的车移动得特别慢，似乎是收费小姐的动作有问题，更增加了等待的人的火气。

好不容易，轮到我了。我伸出左手去缴费，然后也朝收费间里望过去，想看一看这么笨的人到底长个什么模样？

那女孩长着一张很清秀的脸，可是这张脸上却挂着两串不断往下滴落的眼泪，红润的嘴唇咬得很紧，好像想要停止哭泣，却又忍不住委屈地抽噎。手上没一刻闲着，找钱给票地忙得团团转，她把票拿给我时，一滴眼泪正滴落在我的手上。

我心里很难过，想对她说一两句安慰的话，可是她已经很快地缩进去了，又在准备下一辆车的票和零钱。我只好发动车子，从后望镜里，仍然能看到她小小的身影在开了灯的收费站上晃来晃去，重复着那同样的动作。

她也许是一个生手，她也许今天有点不舒服，也许，这一切根本不是她的错。可是，仗着我们人多，我们就理直气壮地咒骂起她来，其实，我们不过多等了几分钟而已，哪又会真的耽误了什么事呢？

一个十八九岁刚出家门的女孩，在有些父母的眼里还是需要时时照顾、处处呵护的年龄，竟然知道必须要硬挺着，流着泪也要把她的工作做下去，真让人想起来也心疼。可是，我和那一群人在那天傍晚给了她多么残忍的一种待遇啊！

我一直很想再找到她，向她说一声："对不起！"

春 回

> 我知道
> 凡是美丽的
> 总不肯 也
> 不会
> 为谁停留
> ……
>
> ——画展

只要知道朋友里有谁是住在北投的，我就会自然地对他有了好感，而且，总不忘记告诉他：

"我娘家以前也在新北投。"

其实，那个旧家早已转卖给别人了，可是在我心里，我一直是住在那里的。每次梦里家人团聚的时候，也总是在那个长春路的山坡上，院子里总是开满了杜鹃和红山茶。

这也是没有办法的，因为很多不能忘记的事都是在那里发生，从那里开始的。

就好像我常爱讲给朋友听的那件事一样：有一个春天的下午，天气那么好，在屋子里的我禁不住引吭高歌，一首接一首地唱了起来。透过落地窗的玻璃，看见德姐在杜鹃花丛里走过来又走过去，她长长的黑发在脑后梳了起来，露出一段柔白的颈项，从缤纷的花丛里转过来的脸庞上竟然带着一种很神秘的笑意。

被这样一幅画面吸引住的我，歌也忘了唱了，就站在窗前呆呆地看着微笑的对我走过来的姐姐。

姐姐走进来了，脸还是红红的，她说：

"你知道，我为什么一直要待在院子里吗？"

"看花？晒太阳？"我试着回答她，姐姐摇头，然后，那种神秘的笑意又浮了上来：

"我待在院子里，是为了要告诉别人，在屋子里唱歌的那个人不是我！"

接下来的，当然是一阵不甘受辱的惊呼，然后就是一场追逐和嬉笑。当我们两个人终于都累得跑不动了的时候，我就顺势在草地上躺了下来，在笑声和喘息声里，我还记得那很蓝的天空上，有好多朵飞得好快的云彩。

而那样单纯和平凡的日子是从什么时候开始改变的呢？一直认为是应该的，并且不足为奇的相聚，怎么忽然之间竟然变得珍贵和不易再得了呢？

今夜，在多雨的石门乡间，杜鹃花在草坪上一丛又一丛地盛开着。打开姐姐新录制的唱片的封套，轻轻地把唱片放在转盘上，静夜里，姐姐深沉又柔润的女中音听来特别美丽。十几岁、二十年的努力使她终于能够实现了她年少时的愿望，成为一个国际知名的声乐家。可是，我却常常会想起了我们山坡上的那个开满了花的院子，和天上的那些云彩，白白柔柔的，却飞得好快。

不肯回来的，大概也不只是那些云彩了。

夫 妻

在待产室里呻吟的她，终于哭了起来。

心里好害怕，好后悔。多希望这些不过是一场恶梦，梦醒了以后会发现自己仍然像平日一样的自由，仍然在漫山遍野地游荡，做自己爱做的事，而不是像现在这样，被困在一张有着金属栏杆的床上，被排山倒海的剧痛所折磨着，怎样也不肯停止，怎样也无法脱身。

她哭得很厉害，阵痛来袭时甚至喊叫了出来：

"我不要！我不要啊！"

是的，她不要这种命运，她不喜欢这种命运，心里发下重誓，希望这一切赶快过去，再没有下一次了，再也不要重复这种可怕的经验了。

孩子终于生下来了，在力竭后短暂的昏迷里，觉得有人抱住了她，那温柔的拥抱是她所熟悉的。是她的丈夫正在不断地低唤她，轻声安慰她，然后，突然之间，丈夫开始哭泣，并且在她耳边反复地说：

"再也不要生了！以后再也不要生了！"

自从相识以来，她从来没有看过丈夫哭，从来不知道，那样坚强的男子也会流泪。可是，现在，那个一直为她挡风挡雨的男子竟然抱着她痛哭了起来，大滴大滴的热泪滴在她额上。

在刹那之间，她忘却了一切的痛苦和惊惶，心中竟然充满了一种炽热的欢喜。她的身体虽然像在烈日烤炙下寸寸碎裂的土地，但是，在那疼惜的泪水滴落之后，遍野在霎时竟然开出一大朵一大朵喜悦的花来。

黑暗的长夜已经过去，产房窗外是那初升的朝阳，耳旁有孩子嘹亮的啼声，身边有丈夫温柔的陪伴，那幸福的感觉是怎样狂猛地向她卷袭过来啊！

她发现，自己正在重复着一个同样的意念，在心里，她正在反复地对自己说：

"我一定要，一定还要再为他生一个孩子。"

她果然是这样做了，并且，无惧也无悔。

母 子

幼小的孩子抬起头来对她说:

"妈妈,你是世界上最漂亮的妈妈!"

孩子只有三岁,对他来说,"世界"不过就只是家周围那几条小小的巷子罢了,可是,他却非常严肃而且权威地再向她说一遍:

"真的,妈妈,你是世界上最好最漂亮的妈妈!"

她不禁微笑,俯身抱起了这个小小的宝贝,把他紧紧地拥在怀里。是的,孩子,妈妈知道你的意思,妈妈明白你的意思,因为,多少年以前,妈妈也曾经和你一样,说过这同样的一句话啊!

多少年以前,她曾经不止一次抬头望向她自己的母亲,不止一次说过这句话。小小心灵充满了无限的羡慕与热爱,而那俯身向她微笑的母亲是多么的美丽啊!

长大了以后,才发现,这个世界有多大,自己的父母和周遭的人一样,都不过是平平凡凡地在过着日子罢了。但是,她也发现,在心里最深最深的那个地方,她仍然固执地相信着。尽管母亲已逐渐老去,而每次面对着母亲的时候,她仍然想像幼小的时候那样,很严肃并且很权威地对母亲说:

"妈妈,您是世界上最好最漂亮的妈妈!"

同　学

　　上课的时候，说了一句和课文有关的笑话，全班哄然。

　　天气很好，教室里很明亮，窗外大面包树的叶子已经爬到这三楼的走廊上来了，太阳照过来，把教室里的白粉墙都映上了一层柔绿的光。

　　只不过是一句很短的笑话，讲台下几十颗年轻的心马上在同时有了反应，一起会心地微笑了起来，每个年轻的笑靥上都映着一层健康红润的光泽。

　　站在讲台上的她忽然怔住了，眼前的景象似曾相识，心里霎时有一种恍惚的温馨。

　　小学毕业时唱的那首骊歌："青青校树，萋萋庭草……"是不是就是这个样子？"笔砚相亲，晨昏欢笑……"是不是也就是这种感觉？

　　好多不同个性的人，从不同的地方走过来，只为了在这三年或者五年的中间共用一间教室，共用一张桌子，共读一本书，一起在一个好天气的下午，为了一句会心的话，哄然地笑一次，然后，再逐渐地分开，逐渐走向不同的地方，逐渐走向不同的命运；"同学"是不是就是如此了呢？

　　站在讲台上的她久久没有开口，只是微笑地注视着眼前的学生，心里重新浮现了那些旧日同窗的面孔，那些啊！那些不知道分散到什么地方去了的朋友。

　　那些在辽阔的人海里逐渐失去了音讯的朋友，在一些突然的似曾相识的时刻里，是不是也会想起她来？是不是也会回想起少年时和大家一起度过的那些时光？而在他们的心里，是不是也会同样有一种恍惚的温馨呢？

同　胞

　　她是在猝不及防的情况之下看到了那一张相片的。

　　那年，她才十六岁，世界对她来说正是非常细致又非常简单的时候，她所需要关心的只是学校的功课，周末的郊游，还有能不能买一条新裙子的那些问题而已。

　　有一天，风和日丽，窗明几净，在家里，她随意翻开了一本杂志，然后，她就看到了那张相片。

　　相片里，一个张大着嘴在号啕的妇人跪在地上，看样子还很年轻，后面站着一些持刀还是持枪的人，妇人的前面有个很大的土坑，相片下的说明写的是：南京大屠杀，日军活埋民众。

　　在起初的时候，她还不能了解图片与文字所代表的意义，然后，忽然之间，她完全明白了。忽然之间，全身的血液都凝固成冰，然后又重新开始狂乱地奔流。

　　在她的周遭，世界并没有什么改变，仍然是风和日丽，仍然是窗明几净，可是，从那一刻以后，她再也不是以前的她了。

　　从那一刻以后，相片上妇人悲苦惶惧的面孔和整个中国的命运一齐刺进了她的心里，从此再也无法拔起，无法消除，无法忘记。

回顾所来径

孩子从幼稚园放学回来，兴高采烈地把他在树上捡到的宝物拿给我看："妈妈，你看，一只透明的蝉。"

那是一只已振翅飞去的夏蝉所蜕下的蝉壳，土黄色的薄膜上很仔细地刻印了那一只蝉外表的所有的记录。那样精致而又美丽，因此真让人会以为：在我孩子的小手上停留着的，是一只透明的蝉哩！

造物真是不可思议的神奇。我一直在想，不知道那只飞走了的蝉在离开前的一刹那会不会忽然有点不舍？会不会又再飞回来，再看一眼为它的蜕变所留下来的，那一件如艺术品般的纪念？

我想，如果我是那只蝉，我一定不舍得忘记。

我想，这也是为什么，我会在画油画、画素描之外，又来写诗和写散文的原因了吧。

我是一个喜欢"回顾"的人。

走在山林里，喜欢回头，总觉得风景在来的路上特别好看。开车的时候，爱看后望镜，觉得镜里的景色另有一种苍茫之感。而在人生的道路上，每一个转折，每一次变换，都会使我无限依恋，频频回顾。

我喜欢回顾，是因为我不喜欢忘记。我总认为，在世间，有些人、有些事、有些时刻似乎都有一种特定的安排，在当时也许不觉得，但是在以后回想起来，却都有一种深意。我有过许多美丽的时刻，实在舍不得将它们忘记。

不过，这并不是表示说，我不喜欢"现在"与"将来"，相反的，我对今日的一切也极为珍惜，对明日的一切更充满了憧憬。而在我的作品里，好像总有一个特定的对象，年少的时候不能自知，但是今日的我已能够感觉到了：不管是十几岁时的日记也好，或者三十多岁时的札记也好，我心中一直有个倾诉的对象，那就是一个"明日的我"。

就是说：今夜，在灯下执笔的我，记载下昨天刚刚发生的事，是为了，为了明日的那一个我，在一首诗、一篇散文、或者一幅油画之前，能够记起来一些很珍贵的感情与记忆，因而也能体会并且明白我今夜的这一份深深的祝福与感谢了。

虽说岁月一去不复回，可是，在那一刹那，在恋恋回首的那一刹那，昨日、今日与明日不就都能聚在一起，重新再活那么一次了吗？

而我所求的，也不过就是如此而已。

我的选择

人的一生，总该有一种坚持。总该有一些东西会令你激动，令你沸腾，令你热泪盈眶的吧。

也许有人会笑着说这一切不过是些愚忠、愚孝、或者是些狭隘的痴情。也有人劝我们应该置身事外，学习用一种客观的态度来观察、来选择。

他们哪里知道，我并没有选择的余地。

我一点也没有选择的余地。

我在这个岛上慢慢长大，在这个岛上读书、做事，在这个岛上生下了我的孩子。我所有的记忆都与这个岛有着关联，在所有曲折的巷弄和苍郁的山路上都有着我的足迹。

我只想在这一块与我有着极深关联的土地上继续走下去，身旁的每一个人他们的故事他们的心情他们的盼望我都能了解都能明白也都能参与。

我活在这里。这无法替代无法舍弃的一切就在我的身边，我毫无选择的余地。

人的一生，总该有一种坚持，我的坚持就在这里。

我一点也没有选择的余地。

孤独的行路者

生命原来并没有特定的形象，也没有固定的居所，更没有他们所说的非遵循不可的规则的。

艺术品也是这样。

规则只是为了胆怯与懒惰的行路者而设立的，因为，沿着路标的指示走下去，他们虽然不一定能够找到生命的真象，却总是可以含糊地说出一些理由来。

那些理由，那些像纲目一样的理由使人容易聚合成群，容易产生一种自满的安全感。

但是，当山风袭来，当山风从群峰间呼啸而来的时候，只有那孤独的行路者才能感觉到那种生命里最强烈的震撼吧？

在面对着生命的真象时，他一生的寂寞想必在刹那间都能获得补偿，再长再远的跋涉也是值得的。

唯 美

我不太喜欢别人说我是一个"唯美主义者"。

因为,在一般人对"唯美"的解释里,通常会带有一种逃避的意味。好像是如果有一个人常常只凭幻想来创作,或者他创作的东西与现实太不相合。我们在要原谅他的时候,就会替他找一些藉口,譬如说他是个"唯美主义者"等等。

而我一直觉得,真正的唯美应该是从自然与真实出发,从生活里去寻找和发现一切美的经验,这样的唯美才是比较健康的。因为,这样的努力是一种自助,而不是一种自欺。

就是说,我们面对现实,并不逃避。我们知道一切的事相都是流变而且无法持久的,可是,我们要在这些零乱与流变的事相之下,找出那最纯真的一点东西,并且努力地把它们挑出来,留下来,记起来。

这样,就算世间所有的事物都逐渐地改变或者消失了,不管是我自己本身,或者是那些与我相对的物象,就算我们都在往逐渐改变与逐渐消失的路上走去了;但是,在这世间,毕竟有一些东西是不会改变、不会消失的。那些东西,那些无法很精确地描绘出来,无法给它一个很确切的名字的东西,就是一种永远的美、永远的希望、永远的信心,也就是我们生命存在与延续惟一的意义。

这也就是为什么,在九百年后,我们重读苏轼月夜泛舟的那一篇文章时,会有一种怅然而又美丽的心情的原因了。

我们明明知道那已是九百年前的事了,明明知道这中间有多少事物都永不会重回的了,可是却又感觉到那夜月色与今夜的并没有丝毫差别,那夜的赞叹与我们今夜的赞叹也没有丝毫差别;时光是飞驰而过了,然而,美的经验却从苏轼的心里,重新再完完整整地进入了我们的心中,并且久久不肯消逝。

这样的唯美,才是真正的唯美,也是我心向往之的境界。

桐　花

四月廿四日

长长的路上，我正走向一脉绵延着的山冈。不知道何处可以停留，可以向他说出这十年二十年间种种无端的忧愁。林间洁净清新，山峦守口如瓶，没有人肯告诉我那即将要来临的盛放与凋零。

四月廿五日

长长的路上，我正走向一脉绵延着的山冈。在最起初，仿佛仍是一场极为平常的相遇，若不是心中有着贮藏已久的盼望，也许就会错过了在风里云里已经互相传告着的，那隐隐流动的讯息。

四月的风拂过，山峦沉稳，微笑地面对着我。在他怀里，随风翻飞的是深深浅浅的草叶，一色的枝柯。

我逐渐向山峦走近，只希望能够知道他此刻的心情。有模糊的低语穿过林间，在四月的末梢，生命正在酝酿着一种芳醇的变化，一种未能完全预知的骚动。

五月八日

在低低的呼唤声传过之后，整个世界就覆盖在雪白的花荫下了。

丽日当空，群山绵延，簇簇的白色花朵像一条流动的江河。仿佛世间所有的生命都应约前来，在这刹那里，在透明如醇蜜的阳光下，同时欢呼，同时飞旋，同时幻化成无数游离浮动的光点。

这样的一个开满了白花的下午，总觉得似曾相识，总觉得是一场可以放进任何一种时空里的聚合。可以放进诗经，可以放进楚辞，可以放进古典主义也同时可以放进后期印象派的笔端——在人类任何一段美丽的记载里，都应该有过这样的一个下午，这样的一季初夏。

总有这样的初夏，总有当空丽日，树丛高处是怒放的白花。总有穿着红衣的女子姗姗走过青绿的田间，微风带起她的衣裙和发梢，田野间种着新茶，开着蓼花，长着细细的酢浆草。

雪白的花荫与曲折的小径在诗里画里反复出现，所有的光影与所有的悲欢在前人枕边也分明梦见，今日为我盛开的花朵不知道是哪一个秋天里落下的种子？一生中所坚持的爱，难道早在千年前就已是书里写完了的故事？

五月的山峦终于动容，将我无限温柔地拥入怀中，我所渴盼的时刻终于来临，却发现，在他怀里，在幽深的林间，桐花一面盛开如锦，一面不停纷纷飘落。

五月十一日

难道生命在片刻欢聚之后真的只能剩下离散与凋零？

在转身的那一刹那，桐花正不断不断地落下。我心中紧系着的结扣慢慢松开，山峦就在我身旁，依着海潮依着月光，我俯首轻声向他道谢，感谢他给过我的每一个丽日与静夜。由此前去，只记得雪白的花荫下，有一条不容你走到尽头的小路，有这世间一切迟来的，却又偏要急急落幕的幸福。

五月十五日

桐花落尽，林中却仍留有花落时轻柔的声音。走回到长长的路上，不知道要向谁印证这一种乍喜乍悲的忧伤。

周遭无限沉寂冷漠，每一棵树木都退回到原来的角落。我回首依依向他注视，高峰已过，再走下去，就该是那苍苍茫茫，无牵也无挂的平路了吧？山峦静默无语，不肯再回答我，在逐渐加深的暮色里，仿佛已忘记了花开时这山间曾有过怎样幼稚堪怜的激情。

我只好归来静待时光逝去，希望能像他一样也把这一切都逐渐忘记。可是，为什么，在漆黑的长夜里，仍听见无人的林间有桐花纷纷飘落的声音？为什么？繁花落尽，我心中仍留有花落的声音。

繁花落尽，我心中仍留有花落的声音，一朵、一朵，在无人的山间轻轻飘落。

眠月站

　　——有情所喜，是险所在，有情所怖，是苦所在，当行梵行，舍离于有。

　　　　　　　　　　　　　　——自说经难陀品世间经

一

从来没有想到会有这样寂静的山林。
从来也没有想到，会有这样寂静这样无所欲求的心情。
原来我们可以从流走的岁月里学到这么多的东西。
虽然时光不再！时光已不再！

二

　　是雨润烟浓的一天，森林中空有这两汪澄明如玉的潭水，空有这水中深深浅浅的倒影，空有这湿润沁凉的芳香。

　　而轻轻涌来的云雾使近在咫尺的山林也只能有着模糊的面容，一如那模糊的背影曾经怎样盘踞在我的心中。

三

小径的两旁漫生着野花，细致的草本是一些细致而又自足的灵魂。
为什么只有我们要苦苦地在书页里翻寻？
为什么只有我们要在暗夜里独自思索，思索那永不可知解的命运？
为什么我不能只是一株草本的花朵，随意漫生在多雾多雨的山坡？

四

为什么一定要来印证那已经改变了的心情?为什么一定要来探求那从来也没能留下的结论?

雾在林间流动,整座山峦都静卧在雾色之中,我在眠月站前停了下来。

苍老的火车站也在雾里。铁轨依旧,月台依旧,远处隐隐有汽笛声传来,那天下车的时候,曾经有过怎样慌乱的快乐啊!而时光不再!时光不再!

五

火车站寂寞地伫立在雾里,站旁被大火烧毁的废墟中有人又重新在起高楼,可是,那被时光所焚烧尽了的日子,也能重新回来吗?

在深夜的旅舍里,我一张又一张地检视着白日里写生的成绩,仿佛在一段冷酷而又安全的距离里省察着我心深处的思想,省察着那不断要从雾里云里山林里重新向我奔回的少年时光。

六

从来没有想到我能画出这样寂静的山林。

从来没有想到,我终于能够得到这样一种寂静而又无所欲求的心情。

古老的奥义书上是这样说的——显现与隐没都是从自我涌现出来的。所以,正如那希望与记忆一样,在我终于明白了的时刻,才发现,从你隐没的背影里显现出来的所有诗句,原来都是我自己心灵的言语。所有的一切都来自领悟了的自我。

于是时光不再!时光终于不再!

飞 翔

有些诗写给昨日和明日，有些诗写给爱恋，有些诗写给从来未曾谋面，但是在日落之前也从来未曾放弃过的理想。

所以，我要请你，请你跟随着我的想象，（但是要在日落之前，要在黑暗现身之前啊！）想象在晨曦初上时，在澄蓝明净的天空里，所有可能和不可能的翱翔。

想象着一只白色的飞鸟，在展翼之前心里永远无法满足的渴望。（云山之外的世界呢？那个我从来不曾见过却永远也无法释怀的世界呢？）

多希望能振翅高飞，也许向东南，也许向西北，在令人屏息眩目的速度里，对着心里的影象寻去，也许，也许在日落之前终于能与他相会。

小小飞鸟所求的，其实也不过是一些小小的愿望，想知道山峦与河流真正的来处，想知道云雾之后是不是真有阳光，想知道那千林万径，是不是和自己所想象的果然相同，果然一样。

是不是，所有对理想的寻求，都要放在一双纯白的羽翼上？是不是，在每一个清晨的开始，我们都该有一双翅膀？（今天是不是终于能触摸到他的面容？终于能靠进他的怀中？而那温柔的微笑和泪水啊！远方的海洋上闪着一波又一波金色的浪。）

所以，我要请你，请你跟随着我的想象，当晨光初现，在每一个人的心里，都有一只白鸟轻轻飞起，几番徘徊犹疑，终于，在无垠的天空中选定了自己的方向。

在每一个清晨的开始，在每一个生命的开始，请让我们都拥有一双纯白的翅膀，让我们能在黑暗逐渐逼近的天空里，展开所有可能和不可能的飞翔。

独　白

一

把向你借来的笔还给你吧。

一切都发生在回首的刹那。

我的彻悟如果是缘自一种迷乱，那么，我的种种迷乱不也就只是因为一种彻悟？

在一回首间，才忽然发现，原来，我一生的种种努力，不过只为了要使周遭的人都对我满意而已。为了要博得他人的称许与微笑，我战战兢兢地将自己套入所有的模式，所有的桎梏。

走到中途，才忽然发现，我只剩下一副模糊的面目，和一条不能回头的路。

把向你借来的笔还给你吧。

二

把向你借来的笔还给你吧。

他们说，在这世间，一切都必须有一个结束。

不是所有的人都能知道时光的涵意，不是所有的人都懂得珍惜。太多的人喜欢把一切都分成段落，每一个段落都要斩钉截铁地宣告落幕。

而世间有多少无法落幕的盼望，有多少关注多少心思在幕落之后也不会休止。

我亲爱的朋友啊！只有极少数的人才会察觉，那生命里最深处的泉源永远不会停歇。这世间并没有分离与衰老的命运，只有肯爱与不肯去爱的心。

涌泉仍在，岁月却飞驰而去。

把向你借来的笔还给你吧。

三

把向你借来的笔还给你吧。

而在那高高的清凉的山上,所有的冷杉仍然都继续向上生长。

在那一夜,我曾走进山林,在月光下站立,悄悄说出,一些对生命的极为谦卑的憧憬。

那夜的山林都曾含泪聆听,聆听我简单而又美丽的心灵,却无法向我警告,那就在前面窥伺着的种种曲折变幻的命运。

目送着我逐渐远去,所有的冷杉都在风里试着向我挥手,知道在路的尽头,必将有怆然回顾的时候。

怆然回顾,只见烟云流动,满山郁绿苍蓝的树丛。

一切都结束在回首的刹那。

把向你借来的笔还给你吧。

镜里与镜外

好羡慕那一位远远地住在东部海岸的作家,喜欢他文字里那种深沉的单纯,能够住在自己亲手盖好的草屋里静听海洋的呼吸,该是一种怎样令人神往的幸福!

我为什么不能做到呢?

那样爱恋着海洋的我,为什么不能舍下眼前的一切,也跑到荒远的海边去过日子呢?

好羡慕那一位在说话的时候永远坚持着自己的原则,不怕得罪人,却因此也真的没有得罪了什么人的朋友。喜欢他言语里那种锋芒、那种近乎勇敢的公正,能够在众人之前畅所欲言并且知道自己的见解最后终于会被众人接受,那种胸怀有多爽朗啊!

我为什么不能做到呢?

我为什么讲话的时候总是有着顾虑,总以为别人不一定会同意我呢?

为什么,我不能做到我生命里面想要做到的那种人物?却只能在生活里随波逐流地扮演着一个连我自己也不太喜欢的角色呢?

在我的生命里有着一种声音,一种想呐喊的声音,一种渴望,一种想要在深莽的山野里奔跑的渴望。仰首向无穷尽的穹苍,向所有的星球膜拜,那样一种一发不可遏止的热泪奔流,一种终于可以痛哭的欢畅,在心里呼喊着:

"让我做我自己吧,让我这一生做一次我自己吧!"

然而,在心里这样呐喊着的我,在现实世界里,却仍然在努力地扮演着一个安静平凡的角色,努力走上一条安排好了的长路,努力不再茫然四顾。

努力变成一面冰冷的镜子,把我所有的生活都从中剖分,终于没有人能够说出谁是镜里谁是镜外,终于没有人,没有人能真正解我悲怀。

天真纯朴的心

快下课的时候,我要学生再看一次亨利·卢梭的那一张画,那张在星光下的狮子和波希米亚女郎。

我问他们有什么感想?一个女孩子站起来回答我:

"老师,我觉得他是在告诉我们,不管这世界规定的法则是什么,像他画里这样温和平静的境界应该是可能会发生、可能会存在的。"

我微笑地面对着这个刚刚满了廿岁的女孩,心里觉得有许多的话想说出来。

她说得不错,在星光下沉睡的波希米亚女郎与狮子的邂逅似乎是不可能的,是要被所有自认有知识有理智的人嗤之以鼻的梦境。

可是,也有人能了解并且相信卢梭的世界,相信在那样的一个夜晚,在沙漠里,可以有那样的一场相遇。

在星光与月光之下,狮子轻嗅着身穿彩衣的流浪者,充满了好奇与关怀。宇宙间生物之中的关系除了为生存的厮杀之外,也可能并且可以发展到这样一种温和美丽的境界的。

艺术家在创作这样一张艺术品的时候,所怀抱的是怎样清朗柔美的心思啊!

奇怪的是:我们今天大家都能欣赏的在他画中所独具的美,却使艺术家在他自己的那个时代里受尽众人的奚落。大家都嘲笑他、戏弄他,甚至一起画画的友伴们也从来没有真心看待过他。

而卢梭却没有因此改变了他对自己的信心和对这个世界的热爱,在他的作品里,总满含着一种天真纯朴的特质,使人在看了他的画以后心里觉得温暖和踏实。

"天真纯朴"应该是一个真正的艺术家所必须具备的条件之一吧?不然,那样好,那样感动人的作品该怎样来解释呢?

前年夏天,当我在纽约现代美术馆里与"它"相对的时候,八九十年的时光已经静静地流过去了，可是，在画面上，卢梭想要告诉我们的那个世界却依然鲜活美丽。原来，如果你真的肯把生命放进去，所有的色彩和线条都会诚挚地帮你记录下来。

原来，如果你真的肯把生命放进去，这个世界也绝不会亏待你。

孤独的树

在我廿二岁那年的夏天，我看见过一棵美丽的树。

那年夏天，在瑞士，我和诺拉玩得实在痛快。她是从爱尔兰来的金发女孩，我们一起在福莱堡大学的暑期法文班上课，到周末假日，两个人就去租两辆脚踏车漫山遍野地乱跑，附近的小城差不多都去过了。最喜欢的是把车子骑上坡顶之后，再顺着陡削弯曲的公路往下滑行，我好喜欢那样一种令人屏息眩目的速度，两旁的树木直逼我们而来，迎面的风带着一种呼啸的声音，使我心里也不由得有了一种要呼啸的欲望。

夏日的山野清新而又迷人，每一个转角都会出现一种无法预料的美丽。

那一棵树就是在那种时刻里出现的。

刚转过一个急弯，在我们眼前，出现了一座不算太深的山谷，在对面的斜坡上，种了一大片的林木。

大概是一种有计划的栽种，整片斜坡上种满了一样的树，也许是日照很好，所以每一棵都长得枝叶青葱，亭亭如华盖，而在整片倾斜下去一直延伸到河谷草原上的绿色里面，惟独有一棵树和别的不同。

站在行列的前面，长满了一树金黄的叶片，一树绚烂的圆，在圆里又有着一层比一层还璀璨的光晕。它一定坚持了很久了，因为在树下的草地上，也已圆圆地铺上了一圈金黄色的落叶，我虽然站在山坡的对面，也仍然能够看到刚刚落下的那一片，和地上原有的碰在一起的时候，就觉得后者已经逐渐干枯褪色了。

天已近傍晚，四野的阴影逐渐加深，可是那一棵金黄色的树却好像反而更发出一种神秘的光芒。和它后面好几百棵同样形状、同样大小，但是却青翠逼人的树木比较起来，这一棵金色的树似乎更适合生长在这片山坡上，可是，因为自己的与众不同使它觉得很困窘，只好披着一身温暖细致而又有光泽的叶子，孤独地站在那里，带着一种不被了解的忧伤。

诺拉说："很晚了，我们回去吧。"

"可是，天还亮着呢。"我一面说，一面想走下河谷，我只要再走近一点，再仔细看一看那棵不一样的树。

但是，诺拉坚持要回去。在平日，她一直是个很随和的游伴，但是，在那个夏天的午后，她的口气却毫无商量余地。

于是，我终于没有走下河谷。

也许诺拉是对的，隔了这么多年，我再想起来，觉得也许她是对的。所有值得珍惜的美丽，都需要保持一种距离。如果那天我走近了那棵树，也许我会发现叶的破裂，树干的斑驳，因而减低了那第一眼的激赏。可是，我永远没走下河谷，（我这一生再无法回头，再无法在同一天，同一刹那，走下那个河谷再爬上那座山坡了。）于是，那棵树才能永远长在那里，虽然孤独，却保有了那一身璀璨的来自天上的金黄。

又有哪一种来自天上的宠遇，不会在这人世间觉得孤独的呢？

此　刻

我是在海边的岩石上忽然想起来的。

印度新德里的市郊，有一座佛寺，寺庙内的墙上画满了佛祖一生的事迹。

据说是位日本艺术家画的，他把佛祖的一生分别用好几个不同的"刹那"联结起来。

在墙边一个角落里，画着年轻的王子深夜起来，悄悄走出他的宫殿，站在门口回头再望一眼时的情景。

深垂的帐缦里，熟睡中的妻儿面容美丽而又安详，只有站在门边的王子是悲伤的，深黑的双眸之中充满了不舍与依恋。

我想，我也许能够明白佛祖在这一刹那间的心情。

我是在海边的岩石上忽然想起来的，安安静静地坐在三芝海边的岩岸上看落日的时候，我忽然想起了佛祖当年的那份不舍与依恋。

海边的落日在开始落得很慢，云霞在天空里不停地变幻出各种不同的颜色和面貌，我甚至会很乐观地觉得"来日方长"。

但是，当太阳真正要坠入大海的前一刻，当波浪变得透明并且镶嵌上细细的金边，当青白色的水鸟掠过红日的正前方，当那轮炽热的斜阳紧贴在水面上的那一段时间里，所谓韶光正以来不及计算的速度飞驰而过！

"刹那"的意思正是如此。

前一秒钟我们还有就在眼前的令人无法置信的美景，刹那之后，就什么证据也提不出来了。

"此刻"仿佛从来没有存在过。

但是，"此刻"又好像从来没有离开过。

依恋与不舍的关键就在这里。

因为，如果美景消逝之后，所有的感觉也都会跟着消逝的话，那也就没什么关系了。

问题是，在夕阳落下之后，我的心里还会永远留着刹那之前的景象，并且，在我的一生里，那景象会像海浪一样反复前来。

我想，佛祖是知道的，在抛弃了王子的身份与生活、抛弃了妻子与孩儿之后，他却永远没办法抛弃那一份生命里的记忆。他知道，在往后的日子里，尽管已经把从前的那颗心完全荒芜空置了，可是那夜的记忆，在毫不知情中熟睡的妻儿那安详美丽的面容将会反复前来，一如海潮反复扑上那荒无一人的沙岸。

而他会想起他们来。

我想，这也许就是佛祖为什么会那样悲伤的原因了吧。

寒　夜

初寒的夜晚，在乡间曲折的道路上，我加速疾驰。

车窗外芒草萋萋一路绵延，车窗内热泪开始无声地滴落，我只有加速疾驰。

车与人仿佛已成了一体，夹道的树影迎面扑来，我屏息地操纵着方向和速度。左转、右转、上坡、下坡，然后再一个急弯；刹车使轮胎在地面上发出刺耳的磨擦声，路边的灌木丛从车身旁擦刮而过，夜很黑很暗；这些我都不惧怕，我都还可以应付，可是我却无法操纵我的人生。

我甚至无法操纵我今夜的心情。

热切的渴望与冰冷的意志在做着永无休止的争执，这短短的一生里，为什么总是要重复地做着伤害别人和伤害自己的决定呢？

难道真有一个我无法理解和无法抗拒的世界？真有一段我无法形容和无法澄清的章节？真有一座樊笼可以将我牢牢困住？真有一种块垒是怎样也无法消除？

而那些亲爱的名字呢？

那些温柔的顾盼和热烈的呼唤，是已经过去了还是从来也不曾来过呢？那些长长的夏季，是真的曾经属于我还是只是一种虚幻的记忆呢？生命里一切的挣扎与努力，到底是我该做的还是不该做的呢？

在这短短的一生里，所有的牵绊与爱恋并不像传说中的故事那样脉络分明，也没有可以编成剧本的起伏与高低。整个人生，只是一种平淡却命定的矛盾，在软弱的笑容后面藏着的，其实是一颗含泪而又坚决的心啊！

而那些亲爱的名字呢？

那些生命里恍惚的时光，那些极美却极易碎的景象真的只能放在书页里吗？在我眼前逐日逐夜过去，令我束手无策的，就是这似甜美却又悲凉、似圆满却又落寞的人生吗？

而在生命的沙滩上，曾经有过多少次令人窒息晕眩的浪啊！在激情的夜里曾经怎样舒展转侧的灵魂与躯体,终于也只能被时光逐日逐夜冲洗成一具枯干苍白的骸骨而已。(——在骸骨的世界里有没有风呢?有没有在清晨的微光里还模糊记得的梦?)

生命真正要送给我们的礼物,到底是一种开始,还是一种结束呢?

在初寒的夜里,车灯前只有摇曳的芒草,没人能给我任何满意的回答。在乡间曲折的长路上,我惟一能做的事,只有加速向前疾驰。

夜很黑很暗,在疾驰的车中,没人能察觉出我的不安。

回　音

　　站在湍急的流水前，向着对岸的山谷，我一次又一次地高声呼唤，为的是想要聆听，那婉转而又遥远的回音。

　　那种比我原来的呼唤要美丽上千百倍的声音。

　　是不是也正因为如此，记忆中的一切演出，才总会完美得令我们落泪？

　　不知道这样算是生命给我们的惩罚呢？还是奖赏？

　　在时光的幽谷中，不断反复回响着的，是你我心中无数次呼唤的回音吧。

　　一次比一次微弱，一次比一次遥远，却又一次比一次地更让人诧异。

　　原来曾经是多么粗糙和狂烈的音质，时光如何能将它修饰得这样精致和优雅？

　　像这样的行为，可以说是欺骗吗？

　　在真正的深谷里，潭水的水色碧青，好像是假的一样。

　　在真正的爱里，说出来的话也永远令人无法置信。

　　真实的现场，我们总是无法接受。

　　惟一的方法是将它放进历史之中。

　　或者是——写在诗里，画在画上。

　　德尔浮（P. Delvaux）就真的画过"回音"。

　　月光下，裸身的女子举起手来，仿佛有所追寻，同样的人体、同样惶惑的姿势重复了三次，一次比一次稍稍缩小，一次比一次稍稍退后。

　　在画前，我几乎想开始大声呼唤。

当然,没有人会准许我这样做。
甚至我自己也不同意。

于是,我只能在夜里,在我的灯下安静等待。
等待那遥远的声音,从时光的幽谷中向我轻轻传送回来。

意象的暗记

如果那些埋伏在字句间而又呼之欲出的意象是一首诗的生命，那么，在我们真正的生命里，那些平日暗暗牵连纠缠却又会在某一瞬间铮然闪现的记忆，是不是在本质上就已经成为一首诗？

阿诺，如果你此刻对我说出一两个字，带着一种模糊的期望与象征，我的心中就会涌现出一些画面，仿佛是生命对某些呼唤的回应。

如果你说"海边"，我也许会先想起那些排列连绵郁然成林的木麻黄，如果你说"初夏"，我也许会先想起那些在高高的山上生长着的冷杉。

如果你说"理想"，我就会先想到那些百合花。

阿诺，你相不相信在我们的心里有许多不能预知却又像早已经约好了的暗记？

年轻的时候不能明白其中的关联。

在我的生命里盛放过的百合，每次相遇，总在惊叹爱慕的同时，每次却又都使我心中疼痛，手足无措。

年轻的时候不知道要怎样解释那种心情。在微微有些倾斜洒满了青绿光影的山坡上，独自面对着那些孤单而又洁白的花朵，总觉得有种疼惜的感觉满满地塞在胸臆间，又好像还掺杂着一种不安与歉疚。

到今天才有点懂了。当我面对着一个充满了理想的可敬的朋友、一个有着丰沛才情却拙于世故的艺术家，或者是面对着一个有着无限憧憬与热情的年轻学生时，我就会一如面对着一朵百合花。

不安是因为我知道这世界绝不如百合在逐渐开放时所盼望的那样美好，歉疚是替这个沉沦着的世界向百合致歉，疼惜却是为了花朵那样无邪的洁白和坚持啊！

阿诺，人生一世，从"理想"转换到"存活"之间，要经过多少次的战役呢？在这些或是与自我或是与他人的争战里，其实从来没有获胜者。每个人都是不断地退却、不断地妥协、不断地舍弃，惟一的收获也许就是那些个过去了的夏天的记忆了。阿诺，如果有人曾经与我们分享过一个夏季，我们的记忆就会在生命里互相呼唤。

　　阿诺，你相不相信？在我们的心中有许多不能预知却又像早就已经约好了的暗记？

　　多年之后，阿诺，如果我在一片遥远的旷野上呼唤你，你会不会如约前来？带着我们年轻时洁白无邪的胸怀，带着长路上淡淡的星光和只有到了中年的此刻，才能开始体会到的孤寂与苍茫？

　　如果我们曾经怀着相同的理想并肩前行过一段岁月，到了最后，是不是会在彼此的记忆中植满百合？

"古典主义"

发现自己竟然是个不折不扣的"古典主义"者。

说的和想的,竟然和两千年前的罗马人没有什么差别。

对这样的发现觉得很失望。可是,问题是,这个"自己"也一直没有受过别种的教育。

知道自己不断在追寻着一些什么。

知道得很清楚的是"追寻"本身,和这行动所带给我的种种困扰。

不知道的却是"追寻"的目的。

这世间有些什么东西是我非要追寻到手不可的呢?

还是说,也许就是因为这样,你才一直把远景定在一种朦胧的距离之外?

你不说出结果,是因为你知道不可说?

你不让我说出来,是因为——

其实你早已经知道所有的结果?

我们正依恋着那极不可依恋的一切。

可是,我其实并不需要为自己的这种依恋觉得羞惭,更不必为自己的不舍觉得抱歉。这人世,这此刻正在蓬勃茁长着的生命,是有着多么强大的力量!多么强烈的诱惑啊!

我向你保证,生命里确实可以见到美景,确实可以发现,自己正处身在那极为甘美的一刻。

问题只是,你对于"甘美"的标准,永远和我的不同。

早上起来,水很清凉,用双手接了泼在脸上,掌心里忽然感觉到自己皮肤的细嫩和柔滑。

在此刻，温暖有弹性的皮肤和清凉活泼的水是上苍的恩典，却是常常被匆忙的我所忽略了的一切。

于是，在这天清晨，我慎重地洗我的脸，仿佛明白这是一种从远古时代里传下来的仪式。

因为，就在同时，我也触摸到了那坚硬的骨层，就在薄薄的、温暖而又有弹性的肌肤之下。

我们一生要用多少时间来使自己的外表变得洁净，再要用多少时间来使自己的内在变得美丽。

我们不断吸收、学习、修正，努力使自己能够达到心中所企望的标准。

然后再坐视这一切慢慢消逝、逐渐还原。

可是，在整个过程里，我们依旧会忍不住地为一些遭逢激动起来。

生命里有一种力量会让我们痴狂。

而我们现代人的痴狂，和两千年前的罗马人的，又有什么不一样？

"古典主义"

驿　站

昨天晚上，我又回到山上的那间画室去了。

屋子已经换了主人，我只能站在墙外，藉着脚下几块大石头的帮助，斜靠着墙头去探看院子里的风景。

风景几乎没有什么改变。荒芜的院落里依旧种着半园菜蔬，屋子里亮着灯，灯光依旧斜斜地铺在廊外的土地上。这块在院子中间长着杂草的土地好像比从前更加空旷了，我想，也许是因为少了那六缸荷花的缘故吧。

那六缸荷花原来是在石门乡间种下的，几番开落之后，又被我移到阳明山上这一处偏冷的院子里，想不到夏天来时，也竟然都大朵大朵地开了起来。

那些个夏天的夜晚，画累了，我就常常会从屋子里走出来，坐到石砌的墙头上往山下望去，整个台北平原几乎都在我眼底，那无限灿亮而又密集的灯火不断闪烁颤动，远远望去，好像是一种无法控制的生命的律动。而在我身边这黑暗的山间，盛开的荷花在小小的院落里互相依傍静静站立，仿佛也在倾听着什么。夜晚微凉的空气中，飘浮着模糊的花香。

我一直很喜欢这个画室。可惜因为房屋太老旧，许多地方一定要重新改建才能存放我的油画，屋主又不舍得把它卖给我，我只好搬家了。

离开这间画室已经有一年多了，此刻我早已在淡水海边一处长满了相思树的山坡前找到了新的工作室，六缸荷花也跟着迁移到新的院子里去，夏天来的时候也开了几朵。但是，也许是因为那带着盐分的海风的关系，一直不再能像在石门乡下和阳明山上时开得那么好了。

我因此而常常会恋念着这间山上的画室，当然记忆里不止是只有荷花，还有那些在春天会开得满树的山樱，那些会散发出香气的柏树，秋来时那山径旁一路延伸过去的芒草，满月的光辉在小路上曾经印下我那样清楚的身影，还有那个初冬的清晨，站在院子里，发现竟然有细细的雪花正在不断轻轻飘下。

还有那两只常常从天空飞掠而过，在遥远的云朵下盘旋呼叫的鹰，它们的叫声像婴儿的声音一样干净、一样清亮……

这山间的画室充满了我爱恋的记忆。

可是,当时的我心里总是惦记着工作的进度,所有的风景,所有的美丽记忆,不过就只是在短暂的休息时间里得到的那些片段印象罢了。

而只有在离开了之后,从那许多时日推移出来的距离之外远远观看,才能发现,原来那些片段和零乱的印象,已经在不知不觉间蜕变成为生命里真正的主体,坚实圆满,反复出现,自成为完整透明不可切割的一瞬。

昨天晚上,站在旧画室的墙外,站在旧日许多记忆的墙外,我好像看见了我自己,在迂回行来的路途上,原来曾经经过了那样美丽的一处驿站。

此生·此世·此时

买完菜了,走在巷子里,前面有个年轻的父亲牵着大概只有四五岁的小女儿,女儿胖胖白白的小手腕上戴着一只新手表,是那种红色塑胶外壳的卡通表,父亲正在低头向女儿解释怎么看时间:

"你看,短针指到这边就是十点啊……"

女儿仰起头,胖嘟嘟的脸颊像朵蔷薇花,她的眼神里对父亲有一种全然的信赖。

在她这个年纪里,父亲是天神,是绝对的权威,但是,然后呢?在逐渐走下去的以后呢?

我想着天下所有父亲那大同小异的命运,忽然间很想跑过去对他说:

"请你,请你好好珍惜此刻的幸福吧!"

当然,我并没有那样做。

和丈夫去逛台北的假日花市,在一处专卖花苗的摊位上,看到了几株蒜香藤的幼枝,又细又单薄的枝茎,竟然就已经开花了。紫色的花簇秀美夺目,心里一动,我的脚步不禁慢了下来。

这样的一株幼苗,和我多年前买下的一株几乎一模一样。

那时候刚搬到石门,屋子旁边空空的,除了杂草,什么都没有。于是我把在苗圃里买来的四棵蒜香藤,在前后院的墙边各种了两棵,又在后院空地上并排种下两株莲雾的幼苗。

后面的邻居看见了,靠到墙边来警告我。她说我这两棵莲雾种得太靠近,将来长成大树的时候一定要去掉一棵才行,她叫我最好现在就把距离拉远。

当时的我,听完了她的话,再对着那两株在我脚下像是小草一样的树苗看一看,不禁哈哈大笑,我记得那天我是这样回答她的:

"我的天!等它们变成大树要等到什么时候?"

好像话还没有说完,幼苗转眼之间真的成了大树。(也真的必得要锯掉一棵。)而那些瘦弱的蒜香藤爬得满墙满树,甚至爬上了房顶,开花的季节,简直像疯子一样,满满地开得把叶子都遮住了。

十年。十年的时间,我们在一无所有的荒地上,得到了一处丰饶美丽的花园。

十年。树都长高了,花越开越多,然后,我们携手离开。

那么,今天的我,除了心里的惆怅之外,还能再要什么呢?

丈夫察觉到我的脚步放慢了,他转过脸来问我:

"你看到什么好看的花了?要买吗?"

我向他笑了笑,把手插进他的臂弯里,我说:

"走!请我吃烤红薯去。"

在充满了阳光的街边,那个卖烤红薯的老人正把他手上的竹片摇得刮拉刮拉的响。

昔　时

一九五四年的夏天。

在那个时候，我们家刚刚从香港搬到台北，住在厦门街底的一条小巷子里，巷口通大街，巷底却是绿意深浓，从一片草坡爬上去，就是河堤。

在那个时候，河堤上总是有着凉凉的风，靠我们家这一边的路旁长满了密实的树丛，树上开着成串的紫色花朵。

在那个时候，站到河堤上，可以望得极远。可以看到河滩上一大片的芒草，芒草之后就是那条轻轻柔柔的淡水河，河之后有一重暗色的山，山之后又有山，那远山之后还有山，一层的颜色比一层淡。

在那个时候，大人都以为街底的那座大桥就是萤桥，于是我们这些小孩子也跟着叫顺了口，萤桥萤桥地叫了许久，一直到开学了，要上桥头去坐车了，才发现公共汽车站牌上写着说是川端桥。

此刻你如果跟我提起川端桥，我就会想起我站在河堤上等车去上学的那些清晨。我刚刚通过插班考试考进了北二女初中部二年级，不认得班上任何一个同学，还继续和香港的同学们写信，雪梅和根弟回信的时候都很惊奇地写着：

"想不到啊！刚刚在初一的地理课上读到了台湾的淡水河、浊水溪……你现在竟然真的住到淡水河旁边去了。"

刚刚换了环境的我，对周遭的一切都有点惧怕。公车过处，人群蜂拥而上，涂着大红色口红的车掌一吹哨门就关了，我总是迟疑着留在车外的那一个。不远处有人穿着黄卡其的中山装急急奔过来，没赶上车子，站在我旁边跺脚叹气。而我穿着白衣黑裙，静静站在灰蒙蒙的桥头上，前面是一大片空白的天空，一天刚刚才开始，整个人生也都还没有着色，我只能安静而又忐忑地等待着。

一直到润苏站到我身边来和我一起等车，她就住在我们巷口斜对面，在教室里也刚好坐在我的斜前方，每次回过头来，又黑又亮的眼睛刚好对着我。

然后我又认识了则元，又认识了美智，新的朋友一个个向我微笑走来，在川端桥头等车的我慢慢活泼起来了。车子来的时候和润苏并肩一起挤上去，然后还能穿过人群的缝隙，看着车窗外淡水河在芒草花的陪伴之下蜿蜒地流过。

放学之后，也不肯早早地回家了，赖在学校操场上学骑脚踏车。车子是惠明借给我的，是那种高高的大黑车，惠明那时候是坐在班上最后一排的大个子，大眼睛、红脸颊、一头蓬松的黑发。她也在操场边陪着我，几天之后，终于把跌得鼻青脸肿的我教出来了。

我们第一次出游就是在水源路的河堤上，准备经过川端桥直奔对岸。当我们嬉笑着骑上桥时，夕阳让淡水河变成一面闪着金光的镜子，桥又直又长，风迎面吹来，把我们的白衣黑裙吹得鼓胀起来，我少年的心仿佛也满满地充塞着一种随时都可以发光的快乐。

许多事情在过了许多年之后，好像都没有人肯相信了。

朋友忽然来问我对于淡水河最初的印象，我说我最记得那些盛开在河堤上一串一串紫色的金露花，他不相信。年轻的诗人在电话那端很惊奇地再问我一次：

"怎么可能？你没记错吗？不是在山里才会有金露花吗？"

而在惠明去世之后，好像也没有人肯相信，她曾经是笑起来声音最大，在我们这一群里骑车速度最快的一个。

当然，更没有人肯相信，我们曾经有过一条洁净的河，在芒草和山峦之间轻轻地流动着。没有人肯相信，我们曾经拥有过一条那样美丽的河流。

圆　梦

在德尔浮（P. Delvaux）的世界里，充满了冲突：古典与新文化的冲突、希腊神殿与区公所的冲突、裸女与学者的冲突、安静的废墟与疾驶的火车的冲突；照理说，在看他的画时，我们都应该觉得急躁不安了，但是，相反的，他的作品总会令人安静下来。

因为，在德尔浮的画中，总有一个基调，就是一层清朗透明的月光。他并不用它来强调主题，反而用它来压抑主题，形成一种特色。

从童年开始，德尔浮就对火车和火车站有狂热的爱好，在他的画室里，摆满了大大小小、各式各样的火车模型。他也偏爱火车站，常用比利时常见的小镇车站来表达出一种孤寂空茫的气氛，当然，总是会伴随着一层月光。

前一阵子看到剪报，说是比利时人为了向这位大师致敬，请他担任一个小镇火车站的荣誉站长（据说这是画家童年的梦想）。

典礼那天，白发苍苍的老画家穿上全新的站长制服，站在月台上。火车鸣笛开动，缓缓开出站去，荣誉站长举手答礼之时，全场的观众欢声雷动。

用这样的方式来致敬与致谢，真是一则现代童话！想着还有这么多不失赤子之心的成人，愿意一起来和画家超越现实进入童年的黄金梦境，我不禁神往。

昨　日

赫奈·马格里特（R·Magritte）是超现实画派里的魔法师。他善用荒谬唐突的对比，来解开人类观察和思维方式的积习，使得观众的心灵得以自由地超越现实生活的藩篱。

可是，在画家的心中，却有一处囚室，囚禁着他自己的一部分，终生都无法开启。

马格里特家有三兄弟，他居长。在他十四岁的那一年，有天晚上，全家都被幼弟的哭声所惊醒，原来该和小儿子同睡的母亲忽然失踪了，有人循着她遗下的踪迹寻找，发现她走出了门，一直走到桑布赫河的桥上，然后投河而死。在当时没有人和她在一起，事后也没有任何人能够知道，她遽尔轻生的原因。

画家的挚友之一曾经说过一段关于画家的特殊性格，他说：

"他拒绝回忆。对他来说，与'昨日'相连结的一句话就是：'我不记得了'。"

而其实，在画家的作品里却不断透露出讯息。像《归巢》那一幅，宽大的窗台上有个小小的鸟巢，巢中有三个蛋，窗外的天空是暗沉沉的，有一只巨大的鸟凌空飞过，透过这只飞鸟的剪影，是一片只有梦中才有的蓝天白云。

这样的题材反复出现，可怜的十四岁的心灵一直盘踞在画面上。对画家来说，"昨日"恒在，永远与哀愁和渴望同来。

妆　台

我最早注意到那扇窗户是因为它的灯光。

窗户在二楼临街，和窗子正下方啤酒馆闪亮的霓虹招牌比起来，它的灯光显得非常昏黄黯淡。而就在那样的灯光下，每天傍晚，有一个东方女子的侧影开始仔细对镜梳妆。

那年夏天，我是个在布鲁塞尔老旧的市中心一间中国饭店打工的学生，她是饭店对面啤酒馆楼上小房间的单身房客。

因为光线比较暗，因为距离比较远，当然，也因为我还要忙着端盘子，所以我始终没能够看清楚她的相貌，只知道她有一头乌黑浓密的长发，有时候盘上去，有时候放下来。

有一天，饭店的主人钱伯母刚好也站在我身边，她告诉我，窗前的那个女子是越南人，跟着刚嫁的法国丈夫到欧洲来，丈夫突然死了，夫家的亲戚也不接纳她，一个人就住到这里来。最近这一阵子，有个比利时人每天傍晚都会开辆跑车来接她，好像是追求她的样子，可是看着又不挺认真。所以，她每天一到这个时候，就必须仔细地对镜梳妆罢？

当时年轻的我，满足了好奇心之后，也就转身去忙别的，逐渐把这个故事淡忘了。

奇怪的是为什么今天晚上又会重新想起她来。许多年都已经过去了，我忽然很想知道，在那样昏黄黯淡的灯光下，一个孤单的越南女子，把全部的挣扎、努力和希望都放在那一面镜子上之后，结果到底是怎么样了呢？

旧　事

　　这已经是许多年以前的事了。

　　那个傍晚,我去布鲁塞尔的海关领包裹,出来的时候,看见了一幅很奇异的景象。

　　就在对街,隔着一条狭窄的马路,有人刚从海关领出来七只巨象,排成了长长的一列,也正沿着路边慢慢往前行进。

　　好奇怪的行列!青灰色布满了皱褶的庞大身躯几乎有一层楼高,我想它们如果拼起命来,应该扯得断那条铐链的。可是,它们非常安静地走着,除了铁链互相碰触的金属声之外,七只巨象竟然没有发出任何其他的声音。天色渐暗,有一两间咖啡店和酒馆开了灯,昏黄的灯光从它们腿部的空隙间穿过,在石块砌成的古老街道上做出一些模糊和晃动的影子来。

　　我当时心里有千万种不忍,几乎想跑过对街去哀求那个牵象的男子,求他想办法把这些动物再送回去,送回到它们原来的山野家乡。

　　当然,我并没有那样去做。回到宿舍,拿起画笔来,又想要试着在画面上向这个残忍自私的世界表达我的抗议。

　　这已经是许多年以前的事了。当然,那张画也始终没画完。因为我还要忙着读书,后来又忙着结婚、生孩子、带孩子。孩子小时我们最常去的地方是动物园,最爱看的电视节目是大马戏团的表演。

默　契

我在新竹教书,有一阵子,下课的时间刚好和附近几间学校放学的时间相同,在回家的路上,都会遇见学生在十字路口做交通安全的宣导工作。

不管是小学、国中、还是高中生,大概都是轮流担任的公差罢。穿着特制的黄背心,戴着黄臂章,有的还举着一块木头牌子,上面写着"请走斑马线"、"请勿闯红灯"等等的标语,写得最多的两句话,当然就是"交通安全,人人有责"了。

可是,尽管这些孩子站得笔直,牌子也举得高高的,他们周围的人群却似乎是活在另一个世界里。所有的人依旧任意穿越,任意行走,任意破坏一切的规则。

在欧洲,其实也常有行人在绿灯没亮时就赶着跑过去了,好像也没有人会特别怪罪他。可是,昨天下午,和父亲站在波昂街头等着穿越马路的时候,我们身边有一个男子已经一只脚都跨出去了,又忽然收了回来,然后乖乖地等着灯号变换之后,再和大家一起走过去。

父亲对我说:

"你注意到没有?因为对面有人带着小孩。在德国,凡是有小孩在场的时候,大家都要切实遵守所有的交通规则,才能给孩子作榜样,这可以说是成人之间的一种默契。"

虚幻的栅栏

常听人赞颂青春,说是怎样的无拘无束、海阔天空;每个年轻人的心胸,都像是一扇敞向无限的门。

但是,对我来说,不幸得很,我的青春时代从来没能符合这种理想。

我年轻的心,其实是蒙蔽着的,并且还关得很紧。

当然,我本身的个性要负起一些责任,可是却绝不应该负起全部的责任。当年的我其实是被一种虚幻的栅栏所限制住了,真正的自我因此而踌躇不前,终于错过了成长的最好时机。

从小开始,周遭的一切都苦口婆心地要把我塑造成一个"符合需要"的人。我不能说这样就是全错,因此,我对这种教育用的形容词是"虚幻"而不是"虚假",就是因为我认为这其中或多或少还是包含着一些善意的本质。

可是,我的价值标准、我的思考能力,甚至我的审美经验都有了差误。一直要到了进入中年之后,才努力挣扎想要把那被囚禁着的心室打开,可惜,有许多地方都已经变得呆滞和迟钝,永远不可能再复原了。

H也和我有同样的感觉。有一次在山里遇见了,我指着他带领的那班学生,问他这些年轻人的环境会不会比我们当年的要好多了?

他回答我说:"还不够!还应该更好!"

琴　音

　　女儿四岁的时候，我们给她买了一架杂牌钢琴。住在乡下，很难找到调音师来保养，气候也潮湿，几年下来，有些琴键就不肯动了。

　　在她国中二年级的寒假，全家搬来台北，我和她父亲咬紧牙关，终于想办法给她换了一架新琴。每隔半年，专业的调音师会自动打电话来约时间，每次都认真地工作上一个多钟头才走。

　　有一次，他忽然对我说：

　　"刘太太，你女儿最近很用功嘛！"

　　那时候女儿早已进了高中，练琴的时间确实比以前多了许多，可是，这些难道可以从钢琴上看出来的吗？

　　"当然，一听就知道。"他又说：

　　"钢琴这种乐器，一定要经过长时间认真的弹奏之后，它本身真正美好的音色才会慢慢出来。我想，前两年你女儿碰它的时间太少，要到今天才算是对得起这架琴了。你听，现在它的声音多好！多不一样！"

　　他弹了几个音给我听，说实在的，我这种耳朵并不能听出来有什么不一样。可是，他那天说的这几句话，我却颇有感触。

　　真的！岂只是钢琴这一种乐器而已，这个世界上任何一种工作，不都是你放进去多少力气，它就会忠实地反应出多少成绩来吗？

爱的絮语

一

丛林中吹过细碎的风,我的孩子从梦中醒来了。双颊温香如蔷薇,黑亮的眼睛在四处搜索、探寻。那神情从睡意朦胧变为惊奇,变为惶恐,再变为忧伤,一直到忽然间看见了她的母亲。于是,笑意霎时从整朵粉红的小蔷薇上荡漾开来:"妈妈,妈妈。"她满足地轻声呼唤我。

而我遂温柔地俯身就她的呼唤,一如亘古以来所有的母亲。

二

在孩子不听话时,我心中充满了懊恼,停止了呼叱,我独自扶着头,坐在角落里,疲倦地流泪了。

而那在一秒钟之前还在疯狂状态的顽童忽然安静下来了,远远地,她用又清又亮的眼睛注视着我。然后蹒跚地爬过来,攀住我裸露的膝头,那温热的小手掌试着要拨开我的双手,"妈妈?""妈妈?"

惟一的字汇可以有多少种变化!妈妈,你别哭了。妈妈,我不再闹了。妈妈,我后悔了。妈妈,我爱你!

三

在从前,玫瑰对我象征甜美的爱,而在今天,它代表危险,因为,它的刺会伤害我的孩子。

在以前,奔跑对我是一种享受。而在今天,我必须慢慢地走,因为我的孩子的脚太小太弱了。

当我是少女时,我怕黑,怕陌生人,怕一切可怕的事物,但当我今天成为母亲时,为了我的孩子,我变成为一只准备对抗一切危险的母狼。

四

孩子,你是在什么时候来到我们身边的?

是跟着待产室窗外的曙光来的吗?

还是再早一点,在上一个春天,在那个胖医生向我恭喜时来的吗?

还是更早一点,在我和你的父亲忽然发现屋子太冷清,而邻居婴儿的笑声太可爱时,你已在我们心中成形了呢?在我们的渴望中,你已开始微笑了呢?

而今天你来了,你没让我们失望,果然长得和我们渴望的一模一样。

五

父亲回家了,孩子在门里看见,便跳跃着叫:"爸爸,爸爸。"

然后,两只白胖的小手举起她父亲的拖鞋,东歪西撞地跑到门边,一边叫着:"爸爸鞋鞋,爸爸鞋鞋。"

那个辛苦奔波了一天的父亲,在一进门的这一刹那就获得满足的补偿了。

六

孩子在小床上说梦话:"妈妈打。"然后又翻身睡着了。

但她的被惊醒的母亲却在大床上支着颐,俯视着孩子的小脸,再也无法入睡了。

亲爱的孩子,难道妈妈真的是这样凶,让你在睡梦中也不得安宁?你不是妈妈最盼望的礼物吗?你不是妈妈最珍贵的财产吗?当妈妈听到你第一声的啼哭时,那喜悦和感恩的泪水不是曾夺眶而出吗?

为什么,竟然因为不愿意忍受你的自主,你的智慧的成长,或者只因为妈妈疲倦了,便恫吓你,对你生气。孩子,妈妈对不起你。

七

　　风和日丽，父亲和母亲带着孩子出来散步。街上的人和平常一样，忙着做自己的事。脚踏车店的学徒在补车胎，米店的老板娘在扫走廊，学生在等公共汽车上学校，每个人都和平常一样。

　　但是，父亲和母亲却不住地向人点头微笑，因为他们正带着那个美丽的孩子出来散步，所以，要不断地用谦虚的微笑来掩饰心中的骄傲和自豪。

成长的痕迹

山 百 合

也许事情总是不一定能如人意的。可是,我总是在想,只要给我一段美好的回忆也就够了。哪怕只有一天,一个晚上,也就应该知足了。

很多愿望,我想要的,上苍都给了我,很快或者很慢地,我都一一地接到了。而我对青春的美的渴望,虽然好像一直没有得到,可是走着走着,回过头一看,好像又都已经过去了。有几次,当时并没能马上感觉到,可是,也很有几次,我心里猛然醒悟:原来,这就是青春!

那一个夏天,我快十八岁了,和大学的同学们到横贯公路去写生,住在天祥。夏日的山绿得逼人,有一个下午,我和三个男同学一时兴起,不去和别的同学写生,却什么也不带的,往一座被我们端详了很多天的高山上爬去。那是一座非常清秀的山,被众山环绕,隐隐然有一种王者的气质。

而当我们经过一个多小时累人的攀爬,终于到了一处长满了芳草的斜坡时,天已经慢慢暗下来了。面对着眼前起伏的峰峦,身后一片挺秀斜斜地延展上去的草原,风从下面的山谷里吹上来,我们惊讶地发现,在这高山上,在这长满了荒草的高山上,竟然四处盛开着洁白的百合花。

而在那一刻,我心里开始感到一种缓慢的痛苦,好像有声音在我耳旁,很冷酷地告诉我:你只能有这一刹那而已。在这以前,你没料到你会有,在这之后,你会忘掉你曾有。百合花才是完完全全属于这里的,而你只不过是一个过客,必得走,必得离开。不能像百合一样,永远在这座山峦上生长、盛开。

黄昏时的山峦有一种温柔而又凄怆的美丽,而我心何所归属?三个男孩子躺在我身后的草坡上,大声地唱着一些流行的歌曲,荒腔走板地,一面唱一面笑。青春原该是这样快乐无忧的,而我,我为什么不能和他们一样?为什么却怔怔地站在这里,对这些在我眼前盛开着的山百合怀着那样一份忌妒的心思呢？

是怀着那样一份强烈的忌妒，我叫一位男同学替我采下一大把纯白的百合，我把它们紧紧地抱在怀里，带下山去。

可是，没有用，真的没有用。正如那声音所告诉我的一样，我仍然无法把握住那些逝去的时刻。而那些被我摘下的百合虽然很快地都凋谢了，可是，在我每次回想起来的时候，它们却总是依旧长在那有着淡淡的斜阳的高山上，盛开着，清纯而又洁白，在灰绿色的暮霭里，对我展现出一种永不改变和永远无法触及的美丽。

那一轮月

因此，在那个晚上，当月亮照进那古老的山林里的时候，我必也曾深深地感动过罢。

当时那样的年轻，总以为这些时刻是本来就会出现的，是我该享有的，心里的感动只是因为它们出奇的美丽而已。却一点也没想到，能有那样的一个晚上，能在初春的季节来到那样高的一座山上，能有那样一大片郁郁苍苍的林木，能有那样一整夜清清朗朗的月光，实在是一种人间稀有的遇合，一场永不会再重现的梦境。

那天晚上，站在那条曲折的山径前的时候，我刚刚二十岁，月亮刚刚从山边升起。

那是怎样的一轮月啊！

在它还没出现的时候，世界一片阴暗，小径显得幽深可怕，我几乎没有勇气举步。而当月亮从山后升起来的时候，就在那一刹那之间，所有的事与物都和月亮一样，对我发出一种如水般清明透亮的光泽，我的心也在那刹那之间，变得饱满、快乐和安详。

幸福有时候就只是一种非常单纯的感觉而已。在那一夜，当我顺着那一条长满了羊齿植物的小径，缓缓地往山上走去的时候，也许是因为路的迂回，也许是因为心中的快乐，竟然一点也不觉得攀爬的辛苦和费力。

走到一块林木稍微稀疏的空地上，刚好有几块大石头可以让我们坐下来休息一下，当我抬头仰望天空的时候，只觉得那些树怎么长得那样直，那样高。月光在那样清朗的天空上如水银般直泻下来,把我整个人都浸在月光里,觉得心也变得透明起来了。青春真如醇酒,似乎都在那夜被我一饮而尽,薰然而又芬芳。

那是怎样的一种青春啊!

而并不是夜夜都能有那样一轮满月的,也并不是人人都能遇到那样的一轮满月的。青春的美丽与珍贵,就在于它的无邪与无瑕,在于它的可遇而不可求,在于它的永不重回。

而今日的我,在怅然回顾时的我,对造物的安排,除了惊讶与赞叹之外,还有一份在年轻的日子里所没能察觉到的,一份深深的信服与感激。

八里渡船头

说不上来是为了什么。每一次,在眼前的工作越积越多的时候,在又忙又累地拼过一阵子以后,或者,在心里若有所失的时候,我就很想一个人再去一次淡水。

只想去走一趟那条长长窄窄的老街,想去坐一趟渡船,再渡一次,渡我到对岸。

对岸就是那个古旧的地方,那个很早很早的时候就有的地方,那个有着一个很朴拙和温柔的名字的地方——八里渡船头。

在这世界上,很多事与物都会改变,而且改变得很快,改变得很大,因此,我已经开始提防起来了。每次在碰到那样的时刻的时候,心里就早已筑起一座厚厚的墙,把最柔弱的一处保护起来,竭力使自己不要受伤。几次之后,墙越筑越厚,在日子久了以后,竟然会忘了在自己的心中,曾经有过一处不能碰触的弱点了。

可是,当有一次,不能置信的一次,在面对着经过那么多年,仍然坚持着,怎样也不肯改变,并且依然如年轻时那样对我微笑,爱怜地俯视着我的那一座山峦时,我心中最柔弱的那一点忽然苏醒了,并且以惊人的速度膨胀了起来。

那是一个初冬的下午。好多年没有来了,在一个偶然的机缘之下,我坐上了渡船。心里本来是很烦躁的,因为要应付那么多陌生的人,要说出那么多客套的话，那样地勉强和不情愿。可是，当我走到淡水港边那个古旧的码头前时，忽然觉得有些什么东西似曾相识，有些什么非常安静的气氛进入我心中，使得我整个人也逐渐地安静了下来。

上了船以后，船慢慢往对岸过去。海风就一直吹着我的脸和我的衣裳，海鸟从船头掠过。我静静地凝视着对岸的观音山，那对我逼近的山色，忽而碧绿，忽而灰蓝，忽而淡紫，而每一种变化与每一种颜色都似曾相识。

是了！那就是一直萦绕在我心中的那种记忆和那种颜色。无法叙述、无法描绘也无人能相信的那种心事，还有，还有那在很年轻的时候就有的那种忧伤。

隔了那么多年，重来过渡，忧伤竟然仍然在那里。在暮色苍茫的渡口前，在静静地俯视着我的山峦之间，忧伤竟然仍然在那里等待着我。而那一刹那，我心里最柔弱的那一部分终于被触痛了，伤口重新裂开，热血迸出，泪如泉涌。

原来，原来世间一切都可伤人。改变可以伤人，不变却也可以伤人。所有的一切都要怪那颗固执的怎样也不肯忘记的心。

原来，年轻的时候感觉到的那种不舍，那种对造物安排的无奈，在二十年后，竟然又重新而且非常强烈地来到心中。尽管周遭有些事物确然已经改变了，尽管有许多线索与痕迹都已经消失了，却仍然有些不变的见证还坚持地存在着。那就是迎面而来高高耸立的观音山，和陡削狭窄长长地延伸到海中的——八里渡船头。

从此，这一处地方就变成了我的一种隐秘的疼痛，也因而更变成了一种隐秘的安慰。每当我想逃离永远堆积在眼前的工作的时候，每当我心里觉得非常疲倦的时候，我就很想一个人再去一次淡水。

想去走一趟那条长长窄窄的老街，想去再坐一趟渡船，再渡一次，渡我到对岸。

渡我到我的对岸。

在南下的火车上

有时候，对事物起了珍惜之心，常常只是因为一个念头而已，这个念头就是：——这是我一生中仅有的一次，仅有的一件。

然后，所有的爱恋与疼惜就都从此而生，一发而不可遏止了。而无论求得到或者求不到，总会有忧伤与怨恨，生活因此就开始变得艰难与复杂起来。

而现在，坐在南下的火车上，看窗外风景一段一段的过去，我才忽然发现，我一生中仅有的一次又岂只是一些零碎的事与物而已呢？

我自己的生命，我自己的一生，也是我只能拥有一次的，也是我仅有的一件啊！

那么，一切来的，都会过去，一切过去的，将永不会再回来，是我这仅有的一生中，仅有的一条定律了。

那么，既然是这样，我又何必对某些事恋恋不舍，对某些人念念不忘呢？

既然是这样，为什么在相见时仍会狂喜，在离别后仍会忧伤呢？

既然没有一段永远停驻的时间，没有一个永远不变的空间，我就好像一个没有起点没有终点的流浪者，我又有什么能力去搜集那些我珍爱的事物？搜集来了以后，又能放在哪里呢？

而现在，坐在南下的火车上，手不停笔的我，又为的是什么呢？

我一直觉得，世间的一切都早有安排，只是，时机没到时，你就不能领会，而到了能够让你领会的那一刹那，就是你的缘分了。

有缘的人，总是在花好月圆的时候相遇，在刚好的时间里明白应该明白的事，不多也不少，不早也不迟，才能在刚好的时刻里说出刚好的话，结成刚好的姻缘。

而无缘的人，就总是要彼此错过了。若真的能就此错过的话倒也罢了，因为那样的话，就如同两个一世也没能相逢的陌生人一样，既然不相知，也就没有得失，也就不会有伤痛，更不会有无缘的遗憾了。

遗憾的是那种事后才能明白的"缘"。总是在"互相错过"的场合里发生。总是在擦身而过之后，才发现，你曾经对我说了一些我盼望已久的话语，可是，在你说话的时候，我为什么听不懂呢？而当我回过头来在人群中慌乱地重寻你时，你为什么又消失不见了呢？

年轻时的你我已是不可再寻的了，人生竟然是一场有规律的阴错阳差。所有的一切都变成一种成长的痕迹，抚之怅然，但却无处追寻。只能在一段一段过去的时光里，品味着一段又一段不同的沧桑。可笑的是，明知道演出的应该是一场悲剧，却偏偏还要认为，在盈眶的热泪之中仍然含有一种甜蜜的忧伤。

　　这必然是上苍给予所有无缘的人的一种补偿吧。生活因此才能继续下去，才会有那么多同样的故事在几千年之中不断地上演，而在那些无缘的人的心里，才会常有一种似曾相识的模糊的愁思吧。

　　而此刻，坐在南下的火车上，窗外的天已经暗下来了。车厢里亮起灯来，旅客很少，因而这一节车厢显得特别的清洁和安静。我从车窗望出去，外面的田野是漆黑的，因此，车窗像是一面暗色的镜子，照出了我流泪的容颜。

　　在这面突然出现的镜子前，我才发现：原来不管我怎样热爱我的生活，不管我怎样惋惜与你的错过，不管我怎样努力地要重寻那些成长的痕迹；所有的时刻仍然都要过去。在一切的痛苦与欢乐之下，生命仍然要静静地流逝，永不再重回。

　　也许，在好多年以后，我惟一能记得的，就是在这列南下的火车上，在这面暗色的镜前，我颊上的泪珠所给我的那种有点温热又有点冰冽的感觉了罢。

我的记忆

学生们一向和我很亲，上课时常常会冒出一些很奇怪的问题，我也不以为意，总是尽量给他们解答。

有一天，一个胖胖的男生问我：

"老师，你逃过难吗？"

他问我的时候还是微笑着的，二十岁的面庞有着一种健康的红晕。

而我一时之间，竟然不知道该如何回答。

我想，我是逃过难的。我想，我知道什么叫逃难。在黑夜里来到嘈杂混乱的码头，母亲给每个孩子都穿上太多的衣服，衣服里面写着孩子的名字，再给每个人手上都套上一个金戒指……

我知道逃难，我想我知道什么叫逃难。在温暖的床上被一声声地唤醒，被大人们扯起来穿衣服、穿鞋、围围巾，睡眼惺忪的被人抱上卡车。车上早已堆满行李，人只好挤在车后的角落里，望着乳白色的楼房在晨雾中渐渐隐没，车道旁成簇的红花开得惊心。而忽然，我最爱的小狗从车后奔过来，一面吠叫，一面拼了全力在追赶着我们。小小心灵第一次面对别离，没有开口向大人发问或恳求，好像已经知道恳求也不会有效果。泪水连串地滚落，悄悄地用围巾擦掉了，眼看着小狗越跑越慢，越来越远，而五六岁的女孩对一切都无能为力。

然而，年轻的父母又能好多少呢？父亲满屋子的书没有带出一本，母亲却带出来好几幅有着美丽的花边的长窗帘，招得亲友的取笑："真是浪漫派，贵重的首饰和供奉的舍利子都丢在客厅里了，可还记得把那几块没用的窗帘带着跑。"

谁说那只是一些没用的物件呢？那本是经过长期的战乱之后，重新再经营起一个新家时，年轻的主妇亲自出去选购，亲自一针一线把它们做出来，再亲手把它们挂上去的，谁说那只是一些没用的物件呢？那本是身为女人的最美丽温柔的一个希望啊。

在流浪的日子结束以后,母亲把窗帘拿出来,洗好,又挂在离家万里的窗户上,在月夜里,微风吹过时,母亲就常常一个人坐在窗前,看那被微风轻轻拂起的花边。

这是我所知道的逃难,而当然,还有多少更悲伤更痛苦的不同的命运,我们一家相比之下,反倒是极为幸运的一家了。年轻的父母是怎样牵着老的、带着小的跌跌撞撞地逃到香港,一家九口幸而没有在战乱中离散。在这小岛上,我们没有什么朋友,只是一心一意地等待,等待着战争的结束,等待着重返家乡。

父亲找到一个刚盖好的公寓,门前的凤凰木还新栽下去不久,新铺的红钢砖地面还灰扑扑的都是些细碎的砂石,母亲把它们慢慢地扫出去。父亲买了家具回来,是很多可以折叠的金属椅子,还有一个可以折叠的同样质料的方桌子,摆在客厅里,父亲还很得意地说:

"将来回去的时候还可以带着走。"

全家人都接受了这种家具。尽管有时候吃着吃着饭,会有一个人忽然间被椅子夹得动弹不得。或者晚上做功课的时候,桌子会忽然陷下去,大家的书和本子都混在一起,有人乘势也嘻嘻哈哈地躺到地上,制造一场混乱。不过,大家仍然心甘情愿地用这些奇妙的桌椅,因为将来可以带回去。

一直到有一天,木匠送来一套大而笨重的红木家具,可以折叠的桌椅都不见了。没有人敢问一句话,因为父亲经常锁紧眉头,而母亲也越来越容易动怒了。

香港公寓的屋门上方都有一个小小的铁窗,窗上有块活动的木板,我记得我家的是块菱形的,窗户开得很高,所以,假如父母不在家而有人来敲门时,我们就需要搬个椅子爬上去,把那块木板推开,看看来的客人是谁。

我们的客人很少,但是却常常有人来敲门,父母在家时,会不断地应门,而在有事要出去的时候,总会拿出一叠一毛或者五分的硬币放在桌上,嘱咐我们,有人来要钱时就拿给他们。

我们这些小孩从来都不会搞错,什么人是来拜访我们的而什么人是来要钱的。因为来要钱的人虽然长得都不一样,却都有着相同的表情,一种很严肃、很无奈的表情。他们虽然是在乞讨,却不像一个乞丐的样子。他们不哭、不笑、不出声；只在敲完了门以后，就安静地站在那里，等我们打开小窗，伸出一只小手，他就会从我们的手中接过那一毛钱或者是两个斗零（五分），然后转身慢慢走下楼去，从不道一声谢。

在一天之内，总会有七八个，有时甚至十一二个人来到我们的门前，敲门，拿了钱，然后走下楼去。我们虽然对那些面貌不太清楚，但是却知道绝不会有人在一天之内来两次，而且，也知道，在一个礼拜之内，同一的人也不会天天来，有时候也会加上一些新的面孔，而那些面孔，常常都是很年轻的。

我们不知道他们从哪里来，也不知道他们要去哪里。可是，我猜他们拿了钱以后是去下面街上的店子里买面包皮吃的。我看过那种面包皮，是为了做三明治而切下的整齐的边，或者是隔了几天没卖出去的陈面包，有好心的老板，仍然把它们像糖果一样地放在玻璃罐子里，也有些面包店就把它们乱七八糟地堆在店门口的簸子里，给他一毛钱，可以买上一大包。

有时候，在公寓左边那个高台上的修女办的医院也会发放这种面包皮。那些人常常在去过医院以后，再绕到我们家来。我们在三楼，可以看到他们一面嚼着一面低头向我们这边走过来。他们从不会两个人一起来，总是隔一阵子出现一个孤单的人，隔一阵子，传来几响敲门的声音，我和妹妹就会争着挤上椅子，然后又很不好意思地打开那扇小门，对着一个年轻却憔悴的面孔，伸出我们的小手。

日子就这样一天天地过去，门外的面孔按时出现。夏季过去，我进了家后面山上的那个小学，新学校有一条又宽又长的阶梯，下课时常常从阶梯上跳着走回家，外婆总会在家门前的凤凰树下，带着妹妹和弟弟，微笑地迎接我。

学校的日子过得很快乐，一个学期过了，又是一个学期，然后妹妹也开始上学，我们在家的时间不多，放了学就喜欢在凤凰树底下消磨，树长得满高的了，弟弟跟在我们身后跑来跑去，胖胖的小腿老会绊跤。

"姥姥，怎么现在都没人来跟我们要钱了？"

有一天妹妹忽然想起来问外婆。可不是吗？我也想起来了，这一向都没看到那些人，他们为什么不来了？

外婆一句话也不说，只是深深地叹了口气，然后就牵着弟弟走开了，好像不想理我们两个,也不想理会我们的问题。

后来,还是姐姐说出来的:家里情况日渐拮据,一家九口的担子越来越沉重,父母再余不出钱来放在桌子上。而当有一天那些人再来敲门时,父亲亲自打开了屋门,然后一次次地向他们解释,我们已经没有能力再继续帮助下去了。奇怪的是,那些一直不曾说过谢谢的人,在那时反而都向父亲深深地一鞠躬后才转身离去。

向几个人说过以后,其他的人好像也陆续地都知道了,两三天以后,就再也没有人来我们家,敲我们的门,然后,安静地等待着我们的小手出现了。

姐姐还说:

"爸爸不让我们告诉你们这三个小的,说你们还小,不要太早知道人间的辛苦。可是,我觉得你们也该多体谅一下爸爸妈妈,别再整天叫着买这个买那个的了……"

姐姐在太阳底下眯着眼睛说这些话的样子,我到今天还记得很清楚。

我不知道,我是不是从那天起开始长大?

我始终没有回答我学生的那个问题。

不是我不能,也不是我不愿,而是,我想要像我的父母所希望的那样,要等到孩子们再长大一点的时候才告诉他们,要他们知道了以后,永远都不忘记。

几何惊梦

总是会做这样一类的梦：知道这一堂要考试，但是在大楼里上上下下，就是找不到自己的教室。要不然就是进了教室，老师来了，却发现自己从来没上过这么一门课，也没有课本，坐在位子上，心里又急又怕。

还有最常梦到的一种，就是：把书拿出来，却发现上面一个字也看不懂，而其他的人却笃定得很。老师叫我起来，我张口结舌，无法出声，所有的同学都转过头来，用一种冷漠、不屑的眼光看我，使得我在梦里都发起抖来。

醒来的时候常常发现整个人紧张得都僵住了，要好半天才能缓过气来，心里好像压着一块重东西，非要深呼吸几次才能好转，才能完全恢复清醒。醒了以后，在暗暗的夜色里，自己会在床上高兴得笑起来，庆幸自己终于长大了。

终于长大了，终于脱离了苦海了。那个苦海一样的时代，恶梦一样的时代，要上数学、上物理课的时代，我终于不必再回去了。

初中二年级，从香港来考联合招收插班生的考试，考上了当时的北二女（现在的中山女高），被分到初二义班，开始了我最艰难困苦的一段日子。奇怪的是，在香港的小学时代，我的脑子好像还可以，算术课也能跟得上，可是，进了北二女后，数学老师教的东西，我没有一样懂。

那是一种很不好受的滋味：老师在台上滔滔不绝，同学在台下听得兴味盎然，只有我一个人怔怔地坐着，面前摆了一本天书。我尽量想看、想听，可是怎么也进不去她们的世界里。我惟一能做的事，就是用一支笔在天书上画图。一个学期下来，画出一本满满都是图画的几何或者代数，让我家里的补习老师叹为观止，还特意拿了一本回去给他的同学看。那些在理工学院读书的男生看过以后，都没有忘记，隔了快二十年的时间，还有人能记得我的名字，还会跑来告诉我，他们当年曾经怎样欣赏过我的数学课本。

当然，在二十年后的相遇里，提起这些事情实在是值得开怀大笑一场的，不过，在那个时候，在我坐在窗外种满了夹竹桃的教室里的那个时候，心情可是完全不一样的。

在那个时候，数理科成绩好的，才能成为同学羡慕的好学生，而文科再好的人，若是数理差，在班上就不容易抬起头来。记得有一次，我得了全初三的国文阅读测验第一名，名字公布出来，物理老师来上课的时候，就用一种很惋惜的口吻说：

"可惜啊！国文那么通，怎么物理那么不通呢？真是可惜啊！"他一面笑一面摇头。

同学们也都回过头来对我一面笑一面摇头，大概因为我刚得了奖的关系，班上还弥漫着一股温和友爱的气氛。可是，有一次却不是这样的。

那一次，也是全班都回过头来对我看，我的座位是最后一排最靠窗边的一个位子，数学老师刚刚宣布了全班上一次月考的考试和平常分数，我是最后还没有揭晓的一个人，老师问我：

"席慕蓉，你知道你得了几分吗？"

她的声音很冷，注视着我的眼光也好冷。全班的同学一起回过头来盯着我看，我整个人僵住了，硬着头皮小声地回答：

"不知道。"

"让我告诉你：月考零分，平时零分。"

一霎时，四十多个人的眼光里，那种冷漠，那种不屑，那种不耻与我为友的态度都很明白地表示出来了。对一个十二三岁的女孩来说，实在是需要一点勇气才能承担起那样一种无望与无告的困境的。奇怪的是，本该落泪的我那时并没有流一滴泪，只是低下头来等着那一刹那过去，等着让时间来冲淡一切、补救一切。

表面上，日子是一天一天地过去了，而在夜晚，冰冷的梦境从此一次次地重演，把我拉进了最暗最无助的深渊。

那个时候，好恨老师，也好恨自己。家里为了我，补习老师是不断的。可是，当时没有一个人知道，我是个天生的"数字盲"。假如世界上真有这种病症的话，我就是这种人。和"文盲"不同，文盲只要能受教育，就可以治愈，而数字盲却是永远无药可救的。

跌跌撞撞地混到初三下，数学要补考才能参加毕业考。补考的头一天晚上，知道事态严重，一个晚上不敢睡觉，把一本几何从头背到尾，心里却明白，这样并没有什么用，不过只是尽人事而已。

第二天早上，上数学课时，讲到一半，老师忽然停了下来，说要复习，就在黑板上写了四题让全班演算。我是反正照平常的样子在数学簿子上把数目字乱搬一气，心里却一直惦记着下午的补考。

下课以后，老师走了，班上的同学却闹了起来。她们认为，这四题和正在教的段落毫无关系，没头没脑的四条简单的题目出在黑板上，老师一定别有用心。

数学补考是定在下午第一堂，地点是在另外的一个教室里，我们班上要补考的人有七个，忽然之间成了全班最受怜爱的人物了。

三十几个优秀的同学分成七组，每一组负责教会一个。教了半天没有效果，干脆把四题标准答案写出来教我们背，四题之中，我背会了三题，在下午的补考试卷上得到了七十五分，终于能够参加毕业考，终于毕了业。

那么多年过去了，那天的情景却也始终在我心中。假如说：初中两年的数学课是一场恶梦的话，那么，那最后的一堂课却是一场温馨美丽的记忆。我还记得那些同学一面教我们，一面又笑又叹气的样子，教室里充满了离别前的宽容和依依不舍的气氛，那样真挚的友爱温暖了我的心，使得从来不肯流泪的我在毕业典礼上狠狠地哭了一场。而在讲台上坐着的数学老师和国文老师一样，都在微笑地注视着我，她们一样关切和一样怜爱的眼光，送我离开了我的初中时代。

终于逃脱了那个恶梦，我是绝不肯再回去的了。所以，高中就非要去读台北师范的艺术科不可，因为我仔细查过他们的课程表，一堂数学也没有。

当然，现在有很多人会说：我是从小就喜欢画画，加上初中时美术老师的鼓励，所以毅然决然地选择了这一条路的。其实，事情并不全是这样，我其实并不一定要学画画的。与其说是美术老师鼓励我，倒不如说是数学老师逼着我走上这一条路的，因为，除此以外，我无路可走。

不过，我现在无论怎么向人家解释，人家都不会相信，他们总是微笑地说：

"哪里！你太客气了，你太谦虚了。"

而只有在我常做的那个恶梦里，他们才会相信我，才会一起转过头来，用那种冷冷的眼光注视着我，使我一次又一次地重新掉进那无望无告的深渊。

窗前札记

窗前的妇人

后院里有十几坪的空地，丈夫在中间种了七八株玫瑰。围绕着这些玫瑰，在墙边，我随意栽了几株花树。有白兰花、莲雾树，还有韩国樱花、圣诞红、紫阳花和夜合欢。没有怎么加意地照料，但是在这个丰饶的岛上，所有的花树都恣意地顺着季节盛开着。

墙上爬的是木本牵牛，十月的时候，会开出满枝的紫色的花簇，从深紫渐渐变成淡粉。去年花开的时候，廖和曾刚好一起到石门来，她们先不去看我的画，却先跑到院子里来看花，喜欢得不得了。廖向我要求，春天来时一定要设法给她找一棵同样的爬藤来。

今年春天，我把木本牵牛的幼株连着盆子带到她家，种在她后园的墙边，后来两人在通电话的时候，就常常会交换两家墙上的植物的消息。

有一次，她说："我喜欢在我做饭的时候，可以抬头看看窗外的院子，这样心里会更快活一点。"

我深有同感。做为一个家庭里的主妇，每天总会定时地进入厨房，尽管我还要画画，还要教书，可是我仍然也要为丈夫和孩子们准备一天一次或两次的餐食。我并不讨厌做饭，相反地，有时候，从画室里走出来，洗干净了沾满颜料的双手，围起围裙，开始淘米煮饭的时候，心里也是很快乐的。

但是，你若要我在洗杯子、洗筷子和看一本书或者去山上散散步的两种生活方式里选择的话，我当然要去看书或者散步，我当然不要去洗杯子或者洗筷子。只是，作为一个妇人，总有一些该尽的义务，由不得你说喜欢或者不喜欢的。

所以，在洗杯子的时候，在等菜熟的时候，我常常会从厨房的窗口望出去，不为什么，只为看看外面的天色，看看院子里的花。而无论是正午还是黄昏，晴天还是雨天，窗外的景色总能让我的心胸更加舒散一些。有时候，会忽然惦念起一个好久没见到面的朋友，有时候什么也没想，只静静看着我们那只懒猫睡在花荫里，花瓣落在它胖胖的身上，然后，一顿饭也就在抬头、低头之间做好了。

我常想，一定有很多主妇和我一样，在这近午或傍晚的时分，站在厨房热热的炉子前，一面炒菜，一面不自禁地向窗外望出去。她们并不讨厌自己的主妇身份，可是，她们也并不太喜欢一生都耽在厨房里。在心中，在窗外，她们都另有一个世界，在那个世界里，有她们另外一种独特的、不属于任何人的生命。

窗前的妇人，就是因为有了窗外的那一角蓝天与自由，才能对窗内的世界更加容忍与珍惜。

葱蒜的联想

买菜的时候，卖菜的妇人总会塞给我几根葱，我常常是笑着放进菜篮里，偶尔有几次，我会婉谢她的好意，因为冰箱里已葱满为患了。

做菜的时候，也学着别人，常常加些蒜瓣儿在青菜里。笨手笨脚的我，不太会用刀背拍蒜，力气总是用得不对，因此，常有些蒜头被震得掉在地下，只好捡起来丢到垃圾桶。好在总有一些剩的在砧板上，可以拿来用，对丢掉的那些因而也不太在意。

一直到有一天，想在晚餐的时候做一条红烧鱼，需要葱、姜和蒜，打开冰箱，姜是有一点，葱只有两根瘦瘦细细的，再一看储藏室里，平日放蒜的容器里，只有一瓣蒜瓣儿了。刚好那时外面风雨很大，邻居又都不在家，晚饭的时刻也逼近了，于是，只好将就着用这些平日决不会放在眼里的剩余物资了。

我非常小心地清洗着葱，更加小心地轻拍着蒜，平日一定连着皮丢到垃圾桶里的头头尾尾都小心谨慎地捡了起来，放进碟中。小小的白瓷碟里放着少量的姜、葱和蒜，女儿过来看到了，笑着说：

"妈妈，你好像在扮家家酒嘛！"

想不到，那样的一份家家酒配料，竟然在红烧鱼里发挥了足够的效用，晚餐的桌上，丈夫与孩子们都没有不满意的表示，大家都高高兴兴地，把菜吃光了。

有好几天，我心里都在想着这件事情，好像是这一次葱蒜的意外，竟然给了我一些联想与启示。

不是吗？我的生活里有些事物不也是如此？我一直在浪掷着的时光与幸福不也是如此吗？

今日的我，画钢笔画时有专用的桌子，画油画时有专用的画室，画布是丈夫和姊妹们特别从国外为我搜购的，画框是特别请木匠为我订制的，可是，我还常常埋怨，常常叹气，有时候好久好久都画不出一张画来。

而十四岁时，刚进台北师范的艺术科，在中山北路那家惟一的学校美术社里，我只能买最粗糙的炭条，只能一块钱一支地挑选着零卖的水彩。可是，那时候，有着一颗炽热的心，因而，不管是在炎阳下的写生，或是在古旧的美术教室里画石膏，我都战战兢兢，全力以赴。因而在今天翻看那时候的作品，尽管技法拙劣，构图幼稚，可是仍然能感受到画中有一股力量，有一种说不出来的感人的光泽。

有着丰盛的资源当然很好，但若是因此而失掉了感谢与敬业的心，便是一种可怕的浪费了。

羊齿植物

女儿上了小学三四年级以后，要带饭盒上学，我晚上给她准备好，她早上自己开了冰箱拿出来带走，相安无事。有时候，我白天没课，也会在中午特别为她送饭去。

前几天天气特别好，芒草开得白花花的。我中午骑了车走田间的小路去她的学校。稻子快熟了，味道很香，风吹过来，一片起伏的金黄。住在乡下真好！孩子上学放学的时候，四季就在他们的身边与眼前变戏法给他们看。在学校里有可亲的老师，在学校外有可亲的大自然，难怪每个孩子都对自然课特别感兴趣。

在路上碰到儿子幼稚园里的老师，她笑着和我打了个招呼，正要错身而过，忽然停下来问我："刘太太，你们家的孩子是不是特别偏爱羊齿植物？为什么他每次只要看到墙角有一小棵的羊齿植物就会高兴得大叫？"

怎么解释给老师听呢？在蓝色的天空下，在金黄的稻田中央，美丽的老师的黑头发在秋天的阳光里有着很好看的光泽。她正眯着眼睛微笑地等待我的回答。

要从哪里开始说呢？从我的童年开始说起，还是从孩子的父亲的童年开始说起呢？其实，孩子并不是偏爱羊齿植物，只是，从他懂事以后，从他那两条小腿能够跟着大人旁边打转以后，我们就常带他到山上的林子里去。山离家很近，而到林子里的目的除了散步以外，还希望能够找到美丽的羊齿带回家去。

石门是个潮湿的山区，在山林间常长着各式各样的羊齿植物，我们试着移植一些到园里的树荫下，有时候成功，有时候不成功。可是整个移植的过程很让人兴奋，从寻找到发现到掘出到植入，一家人从大到小可是全力以赴，有时候孩子发现了一种新的叶子，经过大人认可以后，他们那种得意与欣喜的表情，实在惹人怜爱。

要怎么解释给老师听呢？父母的重视与鼓励对孩子有无限大的影响。我们不过只是带他上了几次山而已，我们不过只是夸了他几句而已，小小的心灵便对羊齿植物产生了一种狂热了。他哪里是偏爱这种植物呢？他偏爱的不过是跟随着这些植物而来的甜蜜的记忆罢了。

我希望，这些记忆能够永远存在他的心中，因而会使他对大自然有了爱恋与感激。等他长大以后，等他有了自己的孩子以后，他也会尽量地带孩子到山里去走走，带孩子辨认各种不同的花树，然后，他的孩子也会指着林中最幽深的地方，惊喜地向他的父亲说：

"看哪！好多好漂亮的羊齿植物啊！"

不忘的时刻

前　　言

在有些场合，认识一些新朋友的时候，常听到别人向他们这样介绍我：

"她是艺术家。"或者：

"她是职业画家。"

于是，我的新朋友就会用一种不同的眼光来看我，那时候，我就会觉得很不安。

而同时，也有一些老朋友和老邻居常常会很生气地告诉我：

"你根本不像个艺术家。"

也难怪他们会对我失望。我平日和大家一样：买菜、做饭、晒被、洗衣。也喜欢逛街，喜欢买减价的东西，自己也不太打扮，头发没什么花样，衣服没什么花样，屋子里的陈设也没什么花样；甚至语言应对也极为小心谨慎，除了常常画画和开画展以外，他们实在看不出我有哪一点不一样。

让他们失望，我也很不安。可是我实在无法达到他们的要求，无法符合他们心中期望于我的形象。

我本来就不是个艺术家，我只是一个平凡的妇人，为人女、为人妻、为人母。一直到今天，生活对于我都是一条平稳缓慢的河流，逐日逐月地流过。

只是，在这条河流下面，藏着好多我不能也不愿忘记的记忆，在我独自一人的时候常来提醒我，唤起我心中某些珍贵的感情，那时候，我就很想把它们留住，记起来，画下来。

一

船正在江上，或是海上。我大概是三岁，或是四岁。

我只记得，有一只疲倦的海鸟，停在船舷上，被一个小男孩抓住了，讨好地转送给我。

我小心翼翼地把海鸟抱在双手中，满怀兴奋地跑去找船舱里的父亲。

可是父亲却说："把它放走好吗？一只海鸟就该在天上飞的，你把它抓起来它会很不快乐，活不下去的。"

父亲的声音很温柔，有一些我不太懂又好像懂的忧伤感觉触动了我，心中一酸，眼泪就掉了下来。转身走到甲板上，往上一松手，鸟儿就扑着翅膀高高地飞走了。

天好蓝。

二

玄武湖的黄昏，坐在父亲腿间，父亲双手划桨，对面是他的朋友，已忘了是哪个叔叔了，只记得是个高高暗暗的影子。

小船从柳荫下出发，在长满了荷花荷叶的湖上静静地流动。暮色使得一切都变得模糊和安静。小手上拿着一个饱满的莲蓬，在小小的胸怀中，人世间的幸福也正如莲蓬一样饱满、莲子一样清香。

后来常常想起，那天的父亲三十多岁，刚经过八年的战乱，能带着家人，再来南京，再享受那样清香的一个夏夜，不知道他会不会有一种恍如隔世的感觉？

这也许就是为什么在那个晚上，父亲会那样沉默，那样久久不肯离去的原因吧？

三

在大学读书的时候，家住在新北投的山上。早上去上学时是对着观音山，下午回来时对着大屯山。多大的太阳我也从不打伞，喜欢一个人在山坡上给风吹给太阳晒的感觉。

后来到了欧洲，好想家。那时候，大屯山上的那片云，那片白白柔柔的小云就会飘到我心中，好像那些个长长的下午，那些金色的阳光也都在霎时来到我的身边。

我画了那张"一朵小白云"，寄给父亲母亲，他们将它配了框子，挂在新北投家中的墙上。

四

姐姐从慕尼黑到布鲁塞尔开音乐会。按照惯例,我总是在后台打杂的那个妹妹。

在那天之前,我有两三年没听她唱歌了,那夜,只觉得有一些新的、不同的东西在她声音里面。在辉煌灯光照不到的后台,听到她如流水琤琮的歌声从前台传过来,在异国他乡,姐姐似乎不再是儿时熟悉的玩伴,因而,她的歌声也给了我一种全然陌生的启示。

深沉而圆润、美丽而又悲哀、忧郁但又充满希望;艺术家的命运都隐藏在那不绝如缕的歌声里了。而在那一刹那间,我也开始了我的转变。

第二天早上,在艺术学院的画室里,我画了那张到今天还很喜欢的画:"一条河流的梦"。

五

孩子出生后,改变了我很多,足足有好几年不能画画。

历史博物馆很早就给我安排过时间,但是怀孕、生产一次次地耽搁了下来。

终于有一年,决定了日期,也决定了不再延期。女儿已三岁,有人帮忙照顾,不上课的时候,我开始把自己关在画室里画大幅大幅的油画。

但是,总觉得有些什么和以前不一样,有些什么在心里牵绊着,总想知道,孩子现在在做什么?

有一次,一开门,看见女儿坐在画室门外。她知道妈妈在画画,不能吵,可是她又舍不得走远,不知道一个人在门外坐了多久。

看着她乖乖小小的背影,我的心疼得好厉害。

六

丈夫是研究镭射的,但是,从小对数学与物理都害怕的我,对他的工作一直不感兴趣。

一直到有一天，我亲眼看见长长细细的镭射光束，在经过折射或反射的处理之后，能够出现那样光彩夺目、细致复杂的画面时，我不禁屏息，然后欢呼。

怎么可能？怎么可能！世间竟会有这样美丽而又千变万化的光线。它唤醒了我很多似有若无的记忆，它替我说出了很多我一直想要说的话和境界。

从此，我对镭射另眼相看，当然，对丈夫也一样。

七

父亲在德国教了十几年的书了，前年和母亲一起回来一次，在我石门的家里发现一面镜子，母亲微笑地向父亲说：

"这不是谁送我们的结婚礼物吗？"

母亲十九岁出嫁，这一面镜子照过我母亲十九岁的容颜。然后，三十九、五十九岁，今日的母亲已银丝满首，但是这一面长形的镜子除了镜架略有斑剥之外，镜面仍然完整，而且还带有一层冷冷的清冽的光泽。

今夜，这面镜子仍然摆在我的画室里。对着它，我好像对着所有过去的日子、过去的流年。

于是，我在一张张新的画布上，开始画了许多的镜子："时光会逝去，美会留下。"

后　记

我不过是个平凡的妇人，但是，我知道，我在做的是一件奢侈的事情。很多人都为我牺牲了一些：我的父母、我的姊妹、我的丈夫、我的朋友，甚至，我的孩子。他们都或多或少地为我牺牲了一些他们珍贵的东西，我才能在今天坐下来画我爱画的、想画的事物。我深深地感谢他们。对他们来说，我实在并不是一个艺术家，我只是一个受他们无限宠爱与纵容的人。

达尔湖的晨夕

一

小船已经停在码头旁边了,船夫在等着我们下船,可是五个人里,却没有一个肯移动,没有一个肯出声。这样的夜晚,是不是一定要就此结束呢?难道,不能再来一次吗?

——总希望
二十岁的那个月夜
能再回来
再重新活那么一次
……

——千年的愿望

年轻的时候,因为羞怯,因为很多奇怪的顾虑,有些话始终没能说出来,有些要求也始终没敢提出来,白白地错过了那么多个美丽的夜晚。

而在这么多年以后,如果也让这个夜晚就此结束的话,我们就再也没有什么藉口可以原谅自己的了。

"请你,请你再划出去,再让我们游一次湖吧。"

已经十一点多了,再划出去,再去湖上游一圈的话,回来时一定会过了午夜的。可是,大家都很高兴终于有人能把五个人心里共有的愿望说了出来,可不是吗?让我们再来一次罢。

所以,小船在满天的星光里再出发,那天晚上,没有月亮,星群在漆黑的天空中显得特别大特别明亮。

"该不是我们离天空比较近罢?"

有谁在小声地发问。也许是罢,在感觉上,印度北部的喀什米尔高原,应该是离天空比较近的。

湖畔的灯光一盏一盏地灭了，人声早已沉寂，只有我们五个人低低的歌声在湖面上回旋。湖水如一片光滑而有着柔细波纹的黑色丝缎，在我们舷旁一波又一波地闪动着。风很凉，夜正长。

那天晚上，我们终于如愿以偿，让美丽的夜晚重复出现了两次。

二

对达尔湖（Dal Lake），我原来并没有什么印象，也许书上读过，也许在什么报纸上看过。但是，在看到它之前，我从来没想到，一个湖泊，竟然能有那样多的面貌。

在喀什米尔首府斯利那卡的境内，达尔湖似乎是一个主角。当我们从飞机场坐着汽车直奔到它身边时，正是个十分热闹的午前时刻。码头旁聚满了张着棚子的小船，船夫等着把我们这些观光客摇到湖中心停泊着的大船上去。这种小船的名字叫"西卡拉"（Shikara），有些船夫自称是"水上计程车"，在达尔湖上穿梭地来往。船身很宽，很长，旅客可以坐卧在像皇宫里一样的软垫子上面，同时可以载五六个人以上。不过，我总觉得他们把原来很朴实的木船装饰得过分地琐碎和华丽，就显得有点可笑和不真实了。

等我登上了要在其中住两个晚上的大船以后，这种可笑和不真实的感觉就更加强烈。

大船是一排排停在水上的旅馆，叫"船屋"（Houseboat），我们几个人一直想算出每条船大概有几坪大，不过，一直也没算出来。只觉得，从进门的"玄关"开始，经过一个大客厅，再一个饭厅，中间有个小厨房，然后一条狭长的走廊旁有三间附有浴室的卧室，再走到一间特别大的主卧室里，才算是把整条船走完，还不算在主卧室后面的浴室。每间房面积都不小，里面都有两张床，有梳妆台，有沙发椅、小柜子、大衣柜等等的摆设；地上铺满地毯、墙上雕满了花，整条船就好像用各种不同花纹的木头细细地拼在一起似的，有的墙甚至是镂空了的屏风一样，一层层的，要多复杂就有多复杂。

只觉得大家都很费心，好像船主希望所有的客人都能在他的船上得到最殷勤的服务似的，于是，把世界上能够找到的工匠都找来了，能够刻出的花样都刻出来了。

可是,那样复杂的雕花,实在没有什么必要。我想,我也许有成见,从来没喜欢过波斯和印度的细密画,因此而无法喜欢这样一种琐碎的华丽罢。

幸好,幸好还有那美丽的达尔湖在船外,那个安静又朴素的达尔湖就在船外等待着我。

三

船上有两个侍者,其中之一专管我们的膳食,食物从大厨房里端过来,在我们船上的小厨房里加热、保温,到时候,他就穿上白色的制服给我们端到餐桌上来。另外一个人是跟着跑的下手,也是我们的专用小船的船夫。两个人都是回教徒,脸上的轮廓很深。

带我们来的中国导游告诉我们,所有的东西都可以放在船上,不用怕丢掉,因为喀什米尔的回教徒很自豪于他们的节操,不会有任何偷窃的行为。

果然是如此,他们除了把船上擦拭得一尘不染以外,他们的内心也是一尘不染的。当然,他们平时常向旅客推销土产、手工艺品,也很会漫天开价,可是,那是求生必须要走的途径,任谁都是一样的。

那个船夫没什么东西向我们推销,就不断地鼓动我们坐他的船去游湖,告诉我们一些奇奇怪怪的事,引起我们的好奇心,就乖乖地上了他的船了。

那天清晨,说好他要带我们去看水上市场的,我们好早好早就起来了。虽说才是八月底、九月初的天气,白天还是穿短袖衣服到处跑,可是夜晚和清晨的气温却冷得透心。带的衣服都上了身,仍然会发抖,每个人都拿了床上的毛毯把自己裹起来,像个粽子似的坐在船上,当然,拿照相机的手是必须要伸出来的。

湖面上有一层水气,看过去好像山峦都在很远的地方。而湖水碧绿清澈,水草的最细微的动态都能很清楚地看到,不知道湖有多深,有多大,有多少的转折?我低头细看那青苔,更不知道这湖已经历过多少岁月了?

船原来是在开阔的湖上划行的,船夫在后面撑桨,忽然微微地向右一偏,就走进了一条绿荫夹道的小路里。说是小路,当然仍然是水路,可是旁边种满了好高好高的竹子,却疏密有致地微微俯下身来,遮住了外面的天光,让湖面的水气显得格外地浓。整条小路里除了我们以外，没有任何人，没有任何船，只有小翠鸟在两边的竹荫里飞过来又飞过去，还一面清脆地鸣叫着。

江南是不是也有这样的风景？虽然隔了几千里，是不是也有这样的水，这样的雾，这样的清晨呢？

四

喀什米尔的人很有趣，他们的水上市场也是男女有别的。男人卖菜，女人只能卖水草，菜是给人吃的，水草是给家禽吃的，而且，男人有男人的市场，女人有女人的市场，绝不能混乱。

船夫带我们去看的，是男人的青菜市场，要早去，否则时间一过，批发与零售都成交了，船只就会四散而去，没什么可看的了。

起得可真够早的，觉得自己也好像水中的那些树一样，身上也布满了一层露水，凉沁沁的，只差没能像那些树一样，在晨曦中闪闪发光而已。

可是，还有比我们起得更早的人，远远地，在如镜的水面上滑行的，不都是一艘艘载着花、载着菜的小船吗？这些小船比我们坐的又小了许多，窄长了许多，船主蹲踞在船头，已经开始讲起买卖来了。

一艘小船划过我们船边，一个黝黑漂亮的小男孩向我递上一把荷花。四朵芬芳饱满的蓓蕾插在一片荷叶的当中，荷叶和荷花上还带着露珠，带着清香。小孩向我含羞地微笑着，我没有还价就买了两把，身旁的朋友笑我：看到荷花就疯了，也不知道先杀一杀价钱。

可是，在那样的一个时刻里，有些事情是不可以犹疑，不可以讨价还价的。

在那样的一个时刻里，那小男孩的羞怯的笑容，那湖面上吹来的柔风，那水中细碎的竹影，还有那一把荷花荷叶带给我的欢喜，所有的一切都是无价的，而且，都不是我本来应该享有的。它们是，我很知道，它们是上天给我的额外的礼物，我只该含笑领受，一句多余的话都不能说的。

送了一把给一位爱笑的朋友，另外一把就拿在手上，有点微醺微醉的感觉，好像眼前的一切都有点朦胧了起来，和我没有什么关联了，只因为手中握着一把荷花，心里面藏着一个美丽的秘密。

五

　　看他们做生意很好玩，蹲在船头悠闲地交易，成交了的人，就站起来用木桨把舱中的蔬果一桨一桨地铲进另外一只船里，手法非常熟练和怪异。我们这群观光客只希望他会把一两只茄子或者萝卜铲进水里，可惜一直等到整笔交易做完，都没能让我们如愿。在他"挥桨如飞"的情形之下，所有的大小茄子和红白萝卜都乖乖地上了另一条船，一只也没掉出来。

　　果真是纯粹的男人市场，除了我们这些观光客中有些女性以外，其他全是男性。水面上船只越聚越多，有一个年轻人不小心地在自己的船上滑了一跤，溅得一身水，却什么事也没有似的站起来，拍拍裤子高兴地笑了。他们的年轻人和男孩子长得真美，美得好像是雕像一般，可是这个雕像却有着非常健康的肤色和非常爽朗的笑声，让我忍不住一次又一次地回头向他们注视。

　　他们的女孩子也长得好看，不过，成年的妇人中有很多都戴上了黑色的面纱，让我们无法看到她的美丽。在斯里兰卡飞机场的候机室里，曾经看到一位卸下面纱的女子，温柔地坐在她丈夫身旁。那样洁白温润的肤色，再加上如画的眉目，把我们这几个人都看呆了，又不敢明目张胆地站在她前面，只好假装有事情要办，一次又一次地走过她的身边，心里又惊又喜，原来美人都出在山明水秀之处，果然是有道理的。

六

　　甚至，连喀什米尔的花，也开得特别的漂亮。达尔湖船屋的码头旁，就种着整丛的玫瑰，粉紫嫩黄地盛开着，天特别蓝，云特别白，上天好像特别偏爱喀什米尔这一块地方。

　　难怪喀什米尔的人都那样自豪，载我们去游蒙兀儿花园的计程车司机是个大个子的年轻人，一直把手伸出窗外指指点点，叫我们看他的湖、他的山；还一直问我们：

　　"你们那里也有这样的美景吗？"

　　我们都笑了，对他语气中的那种自满与自豪觉得很欢喜，也就不想和他计较了。本来也是，他的家乡实在是很不错的一块地方啊！

不过，我们也有一个很不错的地方在等着我们回去，旅行的美妙也就在此。达尔湖已经是我们行程的尾声了，再过几天，就可以回家了，想着有那样好的一个家在等着我们倦游归去，眼前的风景将来会变成心里的记忆，而我们现在心中渴切思念的亲人很快就会来到眼前，有什么时刻能够比这样的时刻更安适和更美好的呢？

所以，在那天的晚上，我们更能深切地觉得一切事物的珍贵和难能再得，才会那样强烈地希望再来一次。

而此刻，坐在我的灯下，达尔湖离我，可真是有几万几千里了。不知道哪天还可以再去，也许不会再去了。世界那样大，下次也许应该换一个方向出发。不过，无论我以后的决定是什么都没有关系，因为，我知道，它的山、它的水、它的清晨和夜晚都已经属于我了。

因为，对那样美丽的晨夕，我是绝对舍不得忘记的。

中年的心情

今夜，在我的灯下，我终于感觉到一种中年的心情了。

这是一种既复杂却又单纯，既悲伤却又欢喜，既无奈却又无怨的心情。

这是一种我一直不曾完全知道的心情。

在那个时候，在十几年前，当船停靠到旅程的最后一站，当我在法国的马赛港上岸的时候，世界曾经以怎样光辉灿烂的面貌来迎接我啊！我，一个艺术系的小小毕业生，一个年轻的东方女子，是怀着怎样一颗热烈如朝圣者的心，在博物馆和美术馆的长廊里，一张画一张画地看过去，每一个角落都不肯放过。而在学校里，每逢考试，每逢竞争，就用一种超乎平常百倍千倍的力气去拼斗，不得到第一誓不罢休。寒冷的深夜，在布鲁塞尔市中心租来的简陋画室里，埋头作画的我似乎竟然有着一种烈士的心情了。

在那个时候，我的周遭充满了种种美丽的事物，每一种都有一种不同的光彩，我每一种都爱，都想要，并且，都一定要得到。

而十几年过去了，就在这个夏天，我去了一趟纽约和芝加哥，在纽约的大都会博物馆里，我却有了一种不同的心情。墙上挂着的画幅依旧让我喜爱，但是，我已经学会用另一种方法来观看了。我知道这个博物馆里有着惊人的丰富珍藏，然而，我每一次去，却都只看一个小小的区域。我可以用好几个钟头的时间来欣赏莫内的一幅灰紫色的睡莲，在我喜爱的画幅之前，我变得非常安静和从容。我不再像十几年前那样的急切，那样匆忙地在博物馆里上上下下奔跑，渴望着能把每一样东西都看遍，渴望着能够不漏过每一个细节，每一个角落，我不再是那样的一个人了。

十几年的生活，使我有了不同，我已经知道，世间的美是无限的，而终我一生，我所能得到的却只是有限中的有限，就只有那么一点点而已。

因此，既然是这样，为什么不能好好地来享受我眼前所能见到的这一点有限的美呢？

当然，我知道，就在另外一幢楼里，或者，就在另外一间展览室里，甚至，就在隔墙，就在一扇门之外，有我还没有见到的珍奇与美丽，也许在我一举足，一跨步，一开门之间就可以见到。

可是，我也深深地明白，就在我惶急地一转身的时候，那张原来已经在我眼前，已经安静地呈现在我眼前的那一幅画，已经在墙上等待了我那么多年，已经等到了我的来临，原来，原来已经就要马上进入我的心里，马上成为我日后的安慰与幸福的那份美丽，就会在我一转身的那一刹那，被我永远地抛在身后了。

因此，我就站住了。也许是在这一张灰紫色小幅的睡莲之前，也许是在另一个博物馆里，在那个神奇的月夜，无邪的狮子轻嗅着沉睡中的流浪者的画幅之前，我静静地站住了。在我能得到的有限之中，我甘心做一个无限专注热情的观众。

中年看画，竟然看出了一种安静与自足的心情来。

然而，"看画"，到底仍然是一种可有可无的收获，而在人生的这一条长路上，走到中途的我，错过了的，又岂仅是一些珍奇与一些美丽而已呢？

在人生的长路上，总会遇到分歧的一点，无论我选择了哪一个方向，总是会有一个方向与我相背，使我后悔。

此刻，在我置身的这条路上，和风丽日，满眼苍翠，而我相信，我当初若是选择了另外一个方向，也必然会有同样的阳光，同样的鸟语花香。只是，就因为在那一个分歧点上，我只能选择一条被安排好的路，所以，越走越远以后，每次回顾，就都会有一种莫名的怅惘。在我心里，那条我没能走上的小径就每次都在那里，在模糊的颜色里，向我展露着一种模糊的忧伤。

然而，中年的心情，是由不得我来随意后悔的啊！

于是，我不断地充实自己，锻炼自己，告诉自己：要了解世间美丽与珍奇的无限，要安静，要知足，要从容，要不后悔我所有的抉择，所有的分离和割舍。

因此，对现在的时刻就越发地珍惜起来。我想，所有被我匆忙地抛在后面的日子，对于它们，我是再也无能为力了。可是，对那些即将要来临的，对眼前的这一个时刻，我还来得及把握，还可以用我的全心与全力来等待、企盼与经营。

我想，无论如何，在往后的日子里，对所有被我珍惜的那些事物，我都要以一种从容与认真的态度去对待。

我原来以为，只要认真地琢磨，我可以把中年的时光琢磨成一块晶莹剔透的玉，只要我肯努力，生活就可以变得极为光洁、纯净、没有丝毫的瑕疵。

可是，我却不知道，生命里到处都铺展着如谜般的轨道，就算是到了中年，有些事情仍然是我无法探索也无法明白更无法控制的了。

因此，我愕然发现，人类的努力原来也是有限的。理想依旧存在，只是在每一个昼夜的反复里，会发生很多细小琐碎的错误，将我与我的理想慢慢隔开。回头望过去，生命里所有的记忆都只能变成一幅褪色的画，而只有我自己才知道，在我心里，曾经是那样鲜明的颜色啊！

面对着这样的一种结果，我在悲伤之中又隐隐有着欢喜，喜欢臣服于自己的命运，喜欢时光与浪潮对生命的冲洗。

而正如他们所说的：那就是我所有的诗里的心情了。

自从把诗印成铅字以后，就不断有认识的或者不认识的读者来问我，很直截或者很技巧地问我，他们很想知道，在我诗里的这种心情，是真的还是假的？

而我要怎样才能回答他们呢？

莫内的那一幅灰紫色的睡莲，或者他画的所有的睡莲：清晨的、正午的、傍晚的、那些巨幅的连作，或者是那些小张的速写，到底是真的还是假的呢？

在他作画的时候，那池中的睡莲开得正好，与它们娇艳的容颜相比，莫内画上的睡莲应该只是一种没有生命的颜色而已。可是，画家在他的画里加上了一些他愿意留下来的，他希望留下来的美丽，藉着大自然里无穷的光影变化，他画出一朵又一朵盛开的生命。

这个夏天，当我站在他的画前的时候，七十多年前那个夏天里那一池的睡莲早已枯萎死去了。和他画中的睡莲相比，到底谁才是实？谁才是虚？哪一朵是真的？哪一朵才是假的呢？

又有谁能够回答我呢？

而中年的心情,也许就是一种不再急切地去索求解答的心情了吧?

也许就是在被误会时,不再辩解,在被刺伤时,不再躲闪的那一种心情了。

无怨也无尤,只保有一个单纯的希望。

希望终于能够在有一天,画出一张永不褪色的画来。

欲爱的神殿

前　　言

一九八一年的夏天，和朋友们去印度旅行。身为观光客，对什么都觉得好奇，买了一本街边小贩推销的彩色明信片，那是我第一次知道卡修拉荷（Khajuraho）。

虽然印刷粗糙，却仍然能够感觉到那些雕像的生动与美丽，可惜的是没有更深入的说明文字，因此，二十张图片里的各种性交的姿态，就成为销售的重点了。

回到台湾以后，有一段时间，这本小册子几乎成了我的负担。家里有两个正在读小学的孩子，让我不知道该把它藏在哪里才算安全。我相信这样的雕像在印度文化里应该还有更丰富的意义，可是我一无所知。心中所有的，只是中国文化里对表达这件事情的逃避与不安，让我产生了一种隐约的罪恶感。

十二年之后，在今年年初，我又去了一趟印度，终于到了卡修拉荷的神庙前，亲眼见到了这些雕像。这些历经千年岁月却依然完好如初的艺术精品，在庙墙之上互相拥抱、互相缠绕，生命中充沛的美丽与饱满令人震撼。原来，"性"是可以用这样坦然、这样清楚明白的方式表达出来的！

几乎就像里尔克写给卡卜斯的信中所要解释的一样，对于"性"，诗人说：

"身体的快乐是一种感官的体验，与纯净的观察，或是一个美的果实放在我们舌上的纯净的感觉没有什么不同；它是我们所应得的丰富而无穷的经验，是一种对于世界的悟解，是一切悟解的丰富与光华。"①

---

① 摘自冯至译《给一个青年诗人的十封信》。

生命的根源

　　五千多年以前，中央亚细亚的雅利安人穿越过北方冰雪的山隘迁徙进来的时候，就带来许多神祇，其中有些来自中亚最原始的崇拜，有些来自波斯的信仰。到了印度河上游的五河地区之后，雅利安人虽然征服了当地的达罗毗荼人并且从此驱使为奴，但是又把这些原住民的宗教与祭祀仪式全盘接收过来，许多神祇都是在印度土生土长的，几千年来，这些从不同的时空与文化中得来的信仰，彼此互相冲击与回应，终于使得印度教成为一个体系庞大，内容多元，复杂而又矛盾的宗教。印度的文化与社会也因此而呈现出许多无法解释的面貌，一方面有着无限的自由与包容，一方面又坚持那严谨到近乎残忍的阶级划分。

　　印度教的许多思想源自早期的诸神赞歌，那些用梵语口传的赞歌在被译成梵文的吠陀经之后，成为印度文化上的瑰宝，也是世界最古老的书籍之一。

　　吠陀（Veda）的意译是"知识"。在这数以千计的赞歌里，先民对宇宙间种种现象提出了无数的问题。在此起彼落，连绵不断的天问里，他们最常提出的疑问就是：是什么在生发万有？是什么在孕育无穷？

　　在这样质朴与热烈的探索中，他们碰触到了生命最最亲切的根源——欲爱（Kama）。

　　Kama这个字，在中文里，我们也可以把它直译为"性"。

　　那最初从非无与非有的黑暗浑沌里升腾而出的一种欲望就是欲爱。它是热、是光、是生命自生自发的渴望。由欲爱才逐渐发展出宇宙万有，才能够孕育出无穷无尽的希望。

　　在梨俱吠陀（Rigveda意译为讼赞明论）的"创造之歌"里，先民唱出这样的句子：

　　"欲爱是原始的种子，心灵的胚胎。"[①]

　　印度教的神庙，有时候供奉神祇的雕像，有时候却只供奉神祇的阳具，

---

　　① 摘自糜文开编译《印度文学历代名著选》。本文之标题，亦系借用糜文开先生对KAMA一字之意译。

和女神的阴户相接，他们顶礼膜拜，将之视为造物主的象征。

他们相信，一切从这里开始。

昌德拉王朝

一千年前，在印度中部的沃野上，昌德拉王朝（Chandellas）正是鼎盛时期。从西元九百五十年到一千零五十年这短短的一百年间，他们的君王在卡修拉荷就建造了八十五座神庙。

为什么要选择卡修拉荷这个地区来建造神庙呢？据说有许多不同的理由。其中最神奇的一种说法是：这里是昌德拉王朝的先祖月神（Chandra）所指定的圣地；而最平凡又最实际的理由则是：卡修拉荷当地盛产的岩石非常坚硬结实，最适合建造神庙。

果然如此！虽然历经兵灾劫乱与大自然的毁损，千年之后，八十五座神庙只剩下了二十二座。但是，每一座用卡修拉荷的岩石嵌合而成的高耸建筑，却依然沉稳如山。

庙身的外墙是用从附近几十公里之处运来的砂岩层层砌起，从乳白到褐黄色的砂岩非常适合雕刻，几乎可以像雕檀香木一般做到最精致与完整的地步。这种予取予求的材质感，引诱着王朝里技艺超群的工匠，一刀又一刀不断地刻下去，在一百年间，在八十五座神庙上，刻出了神的训示、刻出了人的祈求、刻出了君王的勋业、刻出了百姓的生活，而在这些如波浪一般回旋排列着的雕像之间，卡修拉荷的艺术家们更有个特别钟爱与特别成功的主题，他们刻出了那在欲爱之中最难说清楚的——忘我与契合。

要把灵魂与肉体深处那种无法形容的欢悦，那种既是深沉浑沌又尖锐到极端锋利的感受，用具象的人体姿态表达出来，如果不是同时具有宗教的虔诚和艺术的敏锐，恐怕是无法做到的罢。

刹那的永恒

为什么昌德拉王朝的艺术家们，会特别钟爱这个主题？在后世，也有许多不同的揣测与说法。

有人说：在神庙的墙上雕刻出男女交媾的雕像，是为了驱逐恶魔，同时可以保护神庙不受闪电雷击或者其他灾祸的侵袭。

有人说：在昌德拉王朝里，笃信佛教的民众越来越多，许多人根本不肯成家生子，就早早避入空门为僧，使得人口锐减。君王们只好苦口婆心地劝告：就算是神祇，也必得要和女神结为夫妇，享受夫妇的乐趣，而这乐趣的最终目的为了绵延后代。所以，母亲抱着幼儿的雕像也不断重复出现，"母爱"的题材，也是卡修拉荷神庙的另一个重点。

又有人说：在最古老的思想里，肉体的接触，有时候也是探寻与神灵交会的一种方法和仪式。

在圣徒格耶奥义书（Chhandogya Upanishad）中，就有过这样的形容：

"在他深爱的女子的怀里，男人会将整个世界都忘记，自身的一切都不复存在；而同样的，在与那全知者契合之时，我们也会进入完全忘我的境界。"①

如果仔细观察，在好几对爱侣的脸庞上，我们都可以看到那一闪而过的满足与迷离。

要具有何等的才情，才能在坚固而又持久的岩石上，捕捉到那人世间最短暂而又最飘忽的神情！

当然，总是还有一些冷静到近乎无趣的学者。他们宣称：既然大多数描写性交的雕像，都在神庙外墙上最重要的部位，或者是刚好在神龛与外厅的交接部分，因此，这应该只是一种建筑与视觉上的"语言游戏"而已。

就是说：这样的雕像只是"结合"这个字的双关语与形象上的象征而已，此外，别无他意。（这是多么令人沮丧的论调啊！）

幸好，关于象征，还有别种说法。

有人说：庙墙上的女性雕像象征着人类的灵魂，正在等待、呻吟，准备着要去朝见神祇。她们常是以一种慵懒的姿态出现，或者对镜凝视，或者轻触双乳，从与自己身体的接触之中，试着去唤醒那沉睡中的灵魂。

而那些已经在紧拥着的爱侣，则是象征着印度教里的"自我重建"，在彼此的拥抱与探索之中，重寻一个和谐而又完整的新我。

---

① 译自 ALAIN DANIELOU 为 RAGHURAI 的《卡修拉荷摄影集》所写的序言。

沧　桑

不过，所有的说法都只是千年之后的揣测而已，更何况这中间又隔了完全不通音讯的五百年！

尽管当年昌德拉王朝曾经有过多么辉煌的文化、多么融洽的社会，然而，黄金岁月总是流走得特别仓促！

回教的侵袭毁损了许多庙宇，长年的内乱更让百姓流离失所，王朝急速地衰微下去。卡修拉荷原来只是祭祀之时才会有人群涌来的圣地，在其后的两百年间，祭祀的仪式只能断断续续地维持着，然而间隔的时间越来越长，民众参与的越来越少，战乱却始终不肯停顿。

终于，在十四世纪之后，这个世界再也没有一个人知道卡修拉荷了。

彻底地被世界所遗忘，沃野终成荒莽。

一直要到十九世纪的中叶，西元一八三八年，卡修拉荷才被一个前来行猎的英国军人柏特上尉所发现，消息传出之后，学者开始前来观察和纪录，在密密的丛林之间，只剩下二十二座历经沧桑的神庙了。

这之后，又过了一百多年，其间只有研究人员来工作，当然，信徒们也开始慢慢聚集，逐渐恢复了往日的祭祀，不过，人数还是很少。而真正开放给世界各地的观光客，还只是近二十年来的事。

如今，规划后的卡修拉荷大致分成西、东与南三处庙群。有一个小飞机场，有一些安静而又雅致的小旅馆，街上的店铺与咖啡馆也有了点规模，居民逐渐增加到五千人，整个卡修拉荷好像和印度其他的观光胜地也没有太大的区别了。

可是，每一个站在神庙之前的观光客，在赞叹之余，总忍不住会想象，那整整五百年被包裹在丛林里是怎么样的光景？想到那五百年的沉默与孤独，都不由得会对眼前的一切，产生了更加珍惜与怜爱的心情。

复　活

时光在卡修拉荷，虽然是用百年和千年来作计算的单位，可是，如果要看到那最精彩的一部分，有时候却只能用几分和几秒来匆匆停格。

那是因为阳光。

恍如舞台上光束的投射，一丝阳光斜斜地照过来，就可以让千年之前的石像，在刹那间复活。

所以，如果你是在正午时分随着一个庞大的旅行团前来绕场一周，你多半会觉得失望。雕像好像太小，位置又放得太高，姿态似乎有点平板，而面目也颇为模糊，这就是传说中美丽而又奔放的卡修拉荷吗？

当然不是！做为观众，总得要耐心地在台下等待幕起的时刻。如果没有光，主角当然不会出现！

必须要等待！

在清晨或者向晚的卡修拉荷，当你绕着其中的一座神庙慢慢端详的时候，也许整面墙都在芒果树的浓荫里，而忽然之间，在转角处，晨曦或者斜阳从枝丫间照了进来，照上了一对爱侣的脸庞，那雕像顿时就会变得光华灿烂，眉目历历如画，而千年之前的顾盼，就会在你眼前重新开始流转起来。

这才是卡修拉荷！

这里的向导都明白这一点，所以他们总是带着一面小小的镜子，当他要向你讲解什么重点的时候，就会用镜子把阳光带上去，而你就会觉得，那被照耀着的一处细节，果然是与众不同的。

那些细节，也是卡修拉荷最精彩的一部分。昌德拉王朝的艺术家在雕出了繁复的人体与花饰之后，还意犹未尽，除了宗教与文化上种种必须要表达的意义之外，他们还想加上一些个人的解释上去。于是，在许多角落里，一一埋伏下提示的线索，那是他们对观众的提示。仿佛是舞台上的旁白，这些提示有的严肃，有的幽默，有的简直就像个惊叹号！

我的向导在一尊女体雕像之前停了下来，那半裸的妇人正在解开她的沙丽，石雕的躯体似乎是温热的，肌肤光润，小腹以下也都已经袒露出来。在她左边的大腿上，有一个很奇怪的东西，向导用镜子的反光指着那一点说：

"你看！蝎子已经爬到大腿上了，那是激情的象征，表示这个妇人已经有了欲念了。"

是何等丰富的想象力！用蝎子来代表妇人体内的激情，在战栗与亢奋的边缘等待，是颤抖着的妇人的心。千年之后，一句舞台上的旁白，一个小小的细节，竟然真的让雕像在刹那间复活，我仿佛还可以听到那个妇人心中的呼唤：

"啊！来吧！美丽的蝎子！"

这才是卡修拉荷！

槭树下的家

我先是被鸟的鸣声吵醒的。

是个夏日的清晨,大概有几十只小鸟在我窗外的槭树上集合了,除了麻雀的吱喳声之外,还有那种小绿鸟的嘤嘤声。我认得那种声音,年年都会有一两对小绿鸟来我的树上筑巢,在那一段时间里,我每天都能听到它们那种特别细又特别娇的鸣声,听了就让我想微笑、想再听。

屋子里面还留有昨夜的阴暗和幽凉。窗帘很厚,光线不容易透进来,可是,我知道,窗户外面一定有很好的太阳,因为,从鸟的鸣声里,可以听得出它们的雀跃和欢喜。

而且,孩子们也开始唱歌了,就在我的窗下。仔细分辨,唱歌的人有的是坐在矮墙上,有的是爬在树上。他们一面唱一面嬉笑,那种只有孩子们才能发出的细嫩的歌声,还有不时因为一种极单纯的快乐才能引起的咭咭格格的笑声,让睡在床上的我听了也不禁微笑起来。

原来,早起的孩子和早起的小鸟一样,是快乐得非要唱起歌来才行的啊!

在这些声音里,我也听出了我孩子的声音,对一个母亲来说,自己孩子的声音总是特别突出、特别悦耳的。一早起来不知道有些什么事情让他们觉得那么好笑的,那样清脆和圆润的笑声,真有点像荷叶上的露珠,风吹过来时就滑来滑去,圆滚滚的、晶亮亮的,一直不肯安静下来。

然后,忽然间传来一声低沉的喝止:

"小声一点!你妈妈还在睡觉。"

那是一种低沉而宽厚的男中音,是比我起得早的丈夫出去干涉了。其实,这个时候我已经完全醒了,可是我愿意假装安静地躺在床上,享受着他给我的关怀。

在阴暗和幽凉的室内,在我们干净而舒爽的大床上,我一个人伸展着四肢,静静地微笑着。把脸贴近他的枕头,呼吸着我最熟悉的气息,枕头套的布料细而光滑,触到我的脸颊上有一种很舒服的凉意。这是我的家,我的亲人，我热烈地爱着的生命和生活。我虽然知道在这世间没有持久不变的事物，虽然明白时光正在一分一秒地逐渐流失，可是，能够在这一刻，能够在这个夏天的早上清楚地感觉到自己的幸福，一种几乎可以听到、看到和触摸到的幸福，我恐怕是真要感谢窗外那十几棵槭树了。

在房子刚盖好的时候就种下的这些槭树，长得可真是快，七八年前只有手臂样粗细的幼树，现在却个个都是庞然巨物了，跟着四季的变化，把我们这栋原来非常普通的平房也带得漂亮起来。它们实在很漂亮也很尽责，春天时长出好多软软的叶子，绿得逼人，一簇簇的小花开得满树，在月亮底下每一小朵、每一小簇好像都会发亮。夏天时给我们整片的浓荫，风吹过来，说要多凉就有多凉。秋来时可以变得很黄很红，几乎所有路过的人都会忍不住摘下一两片。到冬天的时候，满树的叶子都落了，屋子里就会变得出奇的明亮，而那些小绿鸟留下的窝巢就会很醒目地在枝丫之间出现了。孩子们爬上树去拿了下来，当作宝贝一样地献给我，小小的鸟窝编织得又圆又温暖，拿在手上虽然没有一点重量，却能给人一份很扎实的快乐。

对我来说，我的这一个槭树下的家，和它的小小窝巢也没有什么不一样啊！

我越来越爱我这个家了。仔细想一想，从小到大，我好像从没能在一个地方久住过。年少的时候，爱向朋友吹嘘，扳着指头向他们数我走过的地方和搬家的次数，越数越多、越数越兴奋，让那些从来没离开过家的朋友们听得一怔一怔的，我就会越发地眉飞色舞起来。

长大了以后，慢慢地懂了，遇到有人问起，也不大爱说了。心里面有了一种说不出来的闷闷的感觉，好像有一种委屈，也有一种不安，更有一种渴望。

渴望的是什么，自己也不大清楚，不过倒是常常会做着一种相似的梦。在那种梦里，我总是会走到一扇很熟悉的门前，心里面充满了欣慰的感觉，想着说这次可是回到家了，以后再也不会离开了，再也不走了，然后，刚要伸手推门，梦就醒了。

每一次都是这样。只要是梦到回家，每一次都是这样，刚要推门、刚要看清楚家的面貌、刚要享受归来的快乐，梦就醒了。

在小的时候，家对于我来说，就是父母所告诉我们的那些祖先所传下来的美丽的故事，就是那一片广大的原该属于我们的土地，小小的心灵因而总觉得自己和身边的其他人是不一样的。等到长大了以后，出了国门去到欧洲读书的时候，才恍然于民族之间真正的异同，才发现，原来不管我怎样恋念于那些美丽得如神话般的故事，不管我怎样耿耿于怀那失去的塞外芬芳的草原，命运既然把我安置在这里，一定有它的寓意，我真正的家应该就是这里了。我和所有的朋友一样，从小一起长大，说着相同的话，怀着相同的心思，背负着相同的负担，我实实在在是一个和身边的朋友们完全相同的人啊！

因此，在欧洲的学业告一段落以后，就强烈地想要回来。开始的时候，长辈们并不太谅解，大家都希望我们能再考虑一下。丈夫和我，两个人求学的过程一直很顺利，如果再多留几年，也许还能再多有一些发展。可是，我们两人一封又一封的信写回家，只希望能让我们回来工作。

终于，他的母亲同意了。接到信的那天晚上，布鲁塞尔正下着大雪，我和他牵着手在漫天雪花的马路上飞奔而过，一面跑一面笑，路旁有行人停下来微笑地注视着我们，我就向他们挥手，大声地说："我们要回家了！我们可以回家了！"

真的，我那时候心里只有这一个快乐的念头。我没有什么远大的志向，更不认为我能有些什么贡献，我想回来的原因其实是非常自私的，流浪了那么多年，终于发现，这里才是我惟一的家。我只想回到这个对自己是那样熟悉和那样亲切的环境里，在和自己极为相似的人群里停留下来，才能够安心地去生活，安心地去爱与被爱。

所以，这个槭树下的家，就该是我多年来所渴望着的那一个了吧。不过是一栋普普通通的平房，不过是一个普普通通的家庭，不过种了一些常见的花草树木。春去秋来，岁月不断地重复着同样的变化，而在这些极有规律的变化之中，树越长越高，我的孩子越长越大，我才发现，原来平凡的人生里竟然有着极丰盈的美，取之不尽，用之不竭，我的心中因而常常充满了感动与感谢。

昨天傍晚，因为不放心后院里新移植的荷花，尽管从台北忙了一天回来，尽管天色已经很暗了，我仍然开了后门去探视。院子里很安静，荷花也无恙，这个时候，我听到在我身后的芭乐树上，在浓密的枝叶间，有小鸟扑着翅膀的声音。晚霞已从暗紫变成深灰，其他的小鸟们早就睡着了，只有这只小鸟在翻来覆去地扑着翅膀,大概是一只新来的吧,也许还不习惯。我屏息地站在树下,聆听着它小小的微弱的声音,好一会儿之后才慢慢静止,它终于睡着了。在我的已经开始结果的高大芭乐树上,它终于有了一个还算满意的窝。

我想,到了早上,它一定会和那几十只在我窗前喧闹的鸟群会合,在槭树上唱一些快乐的歌的吧,而在槭树下的孩子们,恐怕到时候也是一样会忍耐不住的。

我想,对着那样美丽的一个早上,任谁都不得不从心里唱起歌来的啊!

夏天的日记

一

痖弦说："世界上惟一能对抗时间的，对我来说，大概只有诗了。"

可是，我想，其实时间本身是没有什么改变的，四季总是依着一定的节拍，周而复始地唱过来。

山茶花开了以后，就可以等待紫荆，紫荆谢了以后，百合就会盛开，等百合都累了，就换上小朵的茉莉，而茉莉还在我窗前一朵一朵地散着清香的时候，后院的荷花就该已亭亭出水了。

而不论是在千年以前或者千年以后，不管是在印度的喀什米尔或者在中国的江南，只要夏天到了，在浅水的塘里，荷花总是欢然开放。每一年、每一季，总是按着秩序，没有一朵花会忘记，没有一片叶子会犹疑。

大自然里很多事物都不会改变，改变的只是人的心情。所以，不管采下花来是为了供在佛前或者是为了远方的友人，花永远是一种模样的。而在这一千年中，时间也如花朵一般，本身既没有改变，也就不会有错误，更因而不会有忧伤了。

而我们人类，却不幸地刚好是相反的一类。所以我要这样说："能够与错误和忧伤对抗的，在这世界上，恐怕也只有诗了。"

温厚深沉如痖弦，我想，他也许也会同意的罢。

二

有很多朋友并不太了解我，以为我是一个喜欢活在过去的日子里的人。

其实，我并不是这样的，我并不真的希望时光能倒流，让我好重新再去活一次，不是的，我没有这个意思。

也许，在诗里，在某一行某一段里我曾经这样写过，可是，那只是为了语气上的一种需要罢了。亲爱的朋友，在现实生活里，我并不是这个意思。

我所要的，我所真正要的，只是能从容地坐在盛夏的窗前，映着郁绿的树荫，拿起笔，在极白极光滑的稿纸上，享受我内心的悲喜而已。

在这个时候，多年以前的那些时刻就会回来，年轻时那样仓皇度过的时刻就会慢慢出现。就好像小时候在玻璃窗前就着光慢慢地描着绣花的图样一般：一张纸在下，一张纸在上，下面的那张是向同学借来的图样，上面的那张是我准备好的白纸。窗户很高，阳光很亮，我抬着双手仰着头，聚精会神一笔一笔地描绘起来，终于把模糊的图样完全誊印到我的白纸上来了。等到把两张纸并排放到桌上来欣赏的时候，觉得我描摹出来的花样，比它原来的底稿还要好看，还要出色。

事情就是这样了。我越来越觉得，世间很多安排都自有深意，年少时不能领会，只能留下一些模糊的轮廓，要到今天才能坐下来，细细地再重新描绘一次，让自己在逐渐清晰逐渐成形的图样前微笑而神往。

而能做这样的事，能有这样的享受，也和童年时描花样一般，是需要一扇很亮很温暖的窗户的。我很幸运，在这世间，有一个温柔敦厚的男子给了我所有的依靠，他给了我一扇美丽又光亮的窗户，为我在窗前栽下所有我喜爱的花和树，并且用一颗宽容和智慧的心，含笑地审视我所有的作品。

所以，坐在窗前的我，是知足并且充满了感激的。所以，我虽然常常会用整个漫长的下午来玩这种描图的游戏，常常可以独自一人微笑或者落泪，可是，我仍然会时时留意聆听孩子们的声音，他们若需要我，呼唤我时，我就会马上放下纸笔，转身用我的孩子所熟悉的安详和慈和来面对他们，在这一刹那，窗外仍然是蝉鸣荫浓，而我微笑地将刚刚过去的一切锁回心中。

亲爱的朋友，我所要的，我所真正要的，也就是如此了。

三

昨天晚上，打开浴室的后门，看见用纱窗纱门罩着的晒衣房里，竹竿上挂着孩子们小小的衣服，忽然有所感触。孩子们现在这样幼小，这样可爱，这样单纯地依赖着我们，竹竿上晒着的他们的小衣服，和父母的衣服挂在一起，好像衣服也有着一种特殊的语言，一个阶段一个阶段地显示给我看，我孩子生活中的种种面貌。

才不过是去年夏天而已，竹竿上还会常晒着凯儿的幼稚园的小白围兜。

而现在，白围兜不见了，换上和他姐姐一样的小学生的白衬衫和黄卡其制服了。等再过一阵子，等他的姐姐上了国中以后，竹竿上又会出现不同式样的衣服了吧。他们逐渐地长大，我们逐渐地老去，五年、十年、二十年其实不也都是像这样，像这样白昼与黑夜互相交替着，一天一天地过去的吗？

而我这样热衷于写诗和画画，不也是为了想抓住一些什么，留下一些什么来的吗？

孩子们穿不下的衣服，大部分我都会送给别人，不过，每一个阶段里，我都会留下一两件特别好看的，或者对我有特别意义的，把它们洗干净了以后，就好好地收进母亲给我的大樟木箱子里面。

我想，等孩子长大以后，会很惊喜地发现，所有童稚时的欢笑与悲哀都被他们的母亲仔细地收藏起来了。只要打开箱子，就如同打开了那芬芳的往日，在每一件惹人怜爱的衣服上，都能记起一段惹人怜爱的故事。

而生命不也是这样吗？我有着那样多的奇妙和馨香的记忆，我渴望能有一个角落把它们统统都容纳进去。

四

画画与写诗，都是我极爱的事，不过，在做这两件事时，我的心情截然不同。

从少年时就开始接受的专业训练，这么多年来又始终改不过来的争强好胜的心，使我在画画时，痛苦远远地超过了快乐，但你若要我远离它，我却又是舍不得的。放进了我二十多年岁月的油画，就像一个不断地折磨着我的狂热的理想一样，我这一生注定是要交付给它了。

和狂热的理想相比，诗就如一些安静而又美丽的短短的梦，是我能从这尘世中抽身而出的惟一的途径。我一直以一种局外人的心情来写诗，因为我知道，若要认真地去做诗人，我必然又将陷入另外的一种痛苦之中。对那些认真地写了一辈子的诗人，我总怀有无限的崇敬之心，他们所做的，是我永远做不到的，因为，他们所担负的担子，比每一个人所担负的都要沉重啊！

夐虹写了一段极美的诗句——不受约束的是生命，受约束的是心情。

我很感动，忍不住打电话告诉她；在话筒的那一端，她笑着说："其实，也可以反过来说——受约束的是生命，不受约束的是心情。"

真的啊！不是吗？世间事不也都可以做如是观？

我对佛经一点也不了解，却总是觉得可亲可敬。读完夐虹的赞诗十三帖，只觉得心明神静，愿效她：

"合掌为朴素的礼敬
微启又如莲花"

五

因此，在窗前的我，应该是知足并且感激的了。

年少时仓皇走过的道路，在今日回头看去，应该是只见苍苍横着的翠微，不再见愁容了。

所有的挫折与悲伤，在发生的当时都能使我们受苦流泪，可是，隔了一段距离再来省视，却能觉出一丝甜蜜的酸楚来。当年的失，竟然成为今日的得。只要我们肯耐心地等待，让时光慢慢地工作，慢慢地流成一条宽阔的河流，在那个时候，隔着远远的距离，再端详年少时的你与我，便会看出那如水洗过一般的清明与洁净，那像天使一般美丽的面容了。

可惜的是，那隔岸的距离是一段永远无法跨越的距离，身在美丽如神话一般的故事里的我们，当时却总是不能自知，而等到看清楚了、心里明白了的时候，真实的故事却早已变成神话，只能隔着岸远远地观看，再也回不去了。

因此，这是在窗前的我，幸运的我，一直在被宠爱与被保护的环境里面成长起来的我，仍然会流泪的原因了罢。我尽管为今日的我的成熟觉得欣喜与感激，可是也仍然忍不住要依恋少年时那颗单纯的心罢，那样一颗饱满如迎着风的白帆一样的心啊！不也如我手边这一叠稿纸一样的崭新与美丽吗？

那样单纯的日子已是不可再得的了，可是，那样单纯的心境却是可以唤得回来的，让我拿起笔，摊开纸，再来细细地描绘罢。我可以描出一朵又一朵的荷花，一朵十四岁时候的，给我，一朵十七岁时候的，给你……

窗外，正是盛夏，蝉鸣荫浓，昨日的一切又重新回到我的心中。

月色两章

明月夜

很晚了,她才和母亲从台北回来。车子开上了乡间那条小路的时候,月亮正从木麻黄的树梢后升了起来,路很暗,一辆车也没有,路两旁的木麻黄因而显得更加高大茂密。

一直沉默着的母亲忽然问她:

"你大概不会记得了罢?那时候,你还太小,我们住在四川乡下,家在一个山坡上,种着很多松树,月亮升起来的时候,就像今天晚上这样……"

那么,妈妈,那多年来的幻象竟然是真实的了!

她怎么会不记得呢?心里总有着一轮满月冉冉升起,映着坡前的树影又黑又浓密,记得很清楚的是一个山坡,有月亮,有树,却一直想不起来曾在哪里见过,一直不知道那是个什么样的地方?

"你大概不会记得的了,你那时候应该只有两三岁,还老是要我抱的年纪。"

那么,妈妈,那必定是在一个满月的夜晚了,在家门前的山坡上,年轻的妇人抱着幼儿,静静地站立着。

那夜,一轮皓月正从松树后面冉冉升起,山风拂过树林,拂过妇人清凉圆润的臂膀。在她怀中,孩子正睁大着眼睛注视着夜空,在小小漆黑的双眸里,反映着如水的月光。

原来,就是那样的一种月色,从此深植进她的心中,每个月圆的晚上,总会给她一种似曾相识的感觉,给她一种恍惚的乡愁。在她的画里,也因此而反复出现一轮极圆极满的皓月,高高地挂在天上,在画面下方,总是会添上一丛又一丛浓密的树影。

妈妈,生命应该就是这样了罢?在每一个时刻里都会有一种埋伏,却要等待几十年之后才能够得到答案,要在不经意的回顾里才会恍然,恍然于生命中种种曲折的路途，种种美丽的牵绊。

到家了，她把车门打开，母亲吃力地支着拐杖走出车外，月光下，母亲满头的白发特别耀眼。

月色却依然如水，晚风依旧清凉。

花　　香

那几天天气很热，到了晚上，他们一定要打开窗户才能入睡。

卧室是一间狭长的房间，两端都有窗户，一扇对着前院，一扇对着后院。窗户打开了以后，自会有凉风习习吹拂进来，有月亮的晚上，也会透进一方如水的月光，晚上有时候醒来，用不着开灯，室内也有一种柔和的光晕。

刚好在那几天里，后院的三株昙花连续不断地开了，每个晚上，他们都睡在花香里。

有一次她半夜醒来，竟然无法再入睡，披衣靠在窗前，夜色里，盛开的花朵在墙角带着一种朦胧的白，她心中也掠过一阵朦胧的悲哀。

轻轻走出卧室，开了后门，院子里花香袭人。那些花朵已经开到极致了，所有的花瓣所有的卷须都在尽全力向着四周绽放，她用双手轻轻合抱其中的一朵，觉得在那样轻柔润洁的花朵里，却有着一种狂野的力量，一种不顾一切要向外绽放的力量，令人暗暗心惊。

昙花原是属于仙人掌科的植物，那么，在古远的年代，在一望无际的沙漠里，在那些小小的绿洲上，它们必定也曾经疯狂地盛开过罢？明明知道只有一夜的生命，明明知道千里方圆都没有人烟，明明知道无论花开花落都只是一场寂寞的演出，却仍然愿意倾尽全力来演好这一生。

而今夜，在她小小的园中，昙花依然一样，尽它的全力在绽放着，仿佛并不知道在顷刻之后，就是幕落花凋。

站在花前，觉得有点冷，心里很明白，平凡如她，是不能够也不舍得像昙花这样孤注一掷的。

平凡如她，对任何事物，从来也不敢完全投入，不敢放进一种澎湃的激情，所以，她想，她也没有权利要求一次全然的圆满的绽放。生命对于她，应该只是一条平静的河流，带着许多琐碎的爱恋与牵绊，缓缓流过，如此而已。

　　丈夫醒了，在窗内轻声呼唤她，等她回到床前，他却又已经睡着了。悄悄地躺在丈夫身边，紧靠着那强健的身体，她的心里觉得平安和满足，想起了那一首法文歌：

　　　　何必在意那余年还有几许？
　　　　何必在意那前路上有着什么样的安排？
　　　　只要我们能两相厮守，
　　　　一起老去……

　　窗外，月明星稀，她在花香里沉沉睡去。

心灵的对白

在每天晚上入睡之前，每天早上醒来之后，我总禁不住想问自己一个问题：

"我想要的，到底是一些什么？"

我想要把握住的，到底是一些什么？要怎么样才能为它塑出一个具体的形象？要怎么样才能理清它的脉络呢？

窗外的槭树，叶子已变成一片璀璨的金红，又是一年将尽了，日子过得真是快！这样白日黑夜不断地反复，我的问题却还一直没有找到答案。我一直没办法用几句简单和明白的话，向你描述出我此刻的心情。

而你是知道的，对现在这个时刻，我有多感激，有多珍惜！我心中一直充满了一种朦胧的欢喜，一种朦胧的幸福，可是，我就是说不出来，几次话到唇边，就是无法出口，好像隐隐然有一种警惕：若是说出来，有些事物有些美妙的感觉就会消失不见了。

而今夜，就在提笔的那一刹那，忽然有一句话进入我的心中：

"世间总有一些事，是我们永远无法解释也无法说清的，我必须要接受自己的渺小和自己的无能为力了。"

是的，在命运之前，我必须要承认我的渺小与无能为力，一向争强好胜的我，在这里是没有什么可以争辩和可以控制的了。

就是说：在这世间，有些事物你是无法为它画出一张精确的画像来的，一旦真的变成精确了以后，它原来最美的、最令人疼惜的那一点就会消失不见了。有些事物，你也不能用简单和明白的语句来为它下一个定义的，当那个定义斩钉截铁地出现了以后，它原来最温柔的，最令人感动的那一种特质也就没有了。

所以，我终于明白了，我终于知道，这么多年以来，一直烦扰在我心中的种种焦虑和不安，其实都是不必要和莫须有的啊！因为，世间有些事情，实在是无法解释，也不用解释的啊！

原来，我如果又想画画，又想写诗，必定是因为心里有着一种想画和想写的欲望，必定是因为我的生命能从这两种创作活动里，得到极大的欢喜与安慰；因此，这实在是我自己的一种需求，一种自然的现象，我又何必一定要想出一个完美和完全的答案来呢？事情的本身应该就是一种最自然的答案了罢。

其实，你一直都是很明白，并且看得很清楚的，你一直都是知道我的，因为，你一直都认为：

"没有比自然更美、更坦白和更真诚的了。"

不是吗？如果万物都能顺着自然的道理去生长、去茁壮、去成熟，这世间就会添了多少安静而又美丽的收获！

一位哲学家告诉过我，世间有三种人，一种是极敏锐的，因此，在每一种现象发生的时候，这种人都能马上做出正确的反应，来配合种种的变化，所以他们很少会发生错误，也因而不会有追悔和遗憾。另外有一种人又是非常迟钝的，遇到任何一种现象或是变化，他都是不知不觉，只顾埋头走自己的路，所以尽管一生错过无数机缘，却也始终不会察觉自己的错误，因此，也更不会有追悔和遗憾。

然后，哲学家说：所有的艺术家都属于中间的那一个阶层，没有上智的敏锐，所以常会做出错误的决定。但是，又没有下智的迟钝，所以，在他的一生之中，总是充满了一种追悔的心情。

然而，就是因为有了这一种追悔的心情，人类才会产生了那么多又那么美丽的艺术作品。

这位哲学家和我同龄，然而他的头发却因丰富的思虑变成花白，可是他的面容却又还保有一种童稚的热情。每次与他交谈，我总有一种无所遁形的感觉，好像是不管是我的坏或者我的好，在他的眼睛里都已看得清清楚楚，而且就算我怎样努力地掩饰或者去显露，都没有丝毫的效果，因为，我的本质他完全明白。

那么，你是不是也是这样呢？不管我用什么样的面貌出现在你的面前，不管是毫无准备或者准备得很充分，你都能一样地看透进来？在你的面前，我永远只是一个最单纯的我而已呢？

"没有什么比自然更美、更坦白和更真诚的了。"

然而，这样的一种单纯，这样的一种自然，是要用几千个日夜、几千个流泪与追悔的日夜才能孕育出来的，要经过多少次的尝试与错误才能过滤出来的，要经过多少次努力的克制与追求才能得到的，要用几千几万句话才能形容得出来的啊！

"自然"是什么呢？应该就只是一种认真和努力的成长罢了，应该就只是如此而已。然而，这样认真和努力的成长，在这世间，有谁能真正知道？有谁能完全明白？有谁能绝对相信？更有谁？更有谁能从开始到结束仔仔细细地为你一一理清、一一说出、一一记住的呢？

没有，没有一个人，甚至连我自己在内，在这世间，我相信没有一个人能把成长的历程中每一段细节、每一丝委婉的心事都镂刻起来，没有人能够做到这一点。

多少值得珍惜的痕迹都消逝在岁月里，消逝在风里和云里。在有意或无意间忽略了一些，在有意或无意间再忘记了一些，然后，逐渐而缓慢地，我蜕变成今日的我，站在你眼前的我，如你所说的：一个单纯而又自然的我。

然而，这样的一种单纯和自然，是用我所有的前半生来作准备的啊！我用了几十年的岁月来迎接今日与你的相遇，请你，请你千万要珍惜。亲爱的朋友，我对你一无所求，我不求你的赞美，不求你的恭维，不求你的鲜花和掌声，我只求你的了解和珍惜。

我们只能来这世上一次，只能有一个名字。我愿意用千言万语来描述这一种只有在人世间才能得到的温暖与朦胧的喜悦。我很高兴我能做中间的那一种人，我不羡慕上智，因为没有挫折的他们，不发生错误的他们，尽管不会流泪，可是却也失去了一种得到补救机会时的快乐与安慰。

其实，岁月一直在消逝，今日的得总是会变成明日的失，今日的补赎也挽不回昨日的错误，今日朦胧的幸福也将会变成明日朦胧的悲伤，可是，无论如何，我总是认真而努力地生活过了。

无论如何，藉着我的画和我的诗，藉着我的这些认真而努力的痕迹，我终于能得到一种回响，一种共鸣，终于发现，我竟然不是孤单和寂寞的了。

那么，我禁不住要问自己了：

"我想要的，是不是就是这种结果呢？"

我想要把握住的，是不是就只是今夜提笔时的这一种朦胧的欢喜与幸福？是不是就只是你的了解与珍惜？

"我想要的，到底是一些什么呢？"

"我想要的，到底是一些什么呢？"

花　事

荷

多少年来，一直是一个画画的人。年轻时学油画，现在在教油画，我的天地极为狭窄，所有的只不过是一些绘画方面的专业知识而已。

但是，在工作之余，读诗、写诗一直能给我一种很大的快乐。还记得，我买的第一本现代诗集是余光中先生的《蓝色的羽毛》。那是我初中二年级的夏天，南部的堂哥来台北时，带我在重庆南路的书摊上买的。堂哥那时是海军官校的年轻军官，制服好漂亮！他带我逛街，逛植物园，那天天气很好，植物园的荷花刚长出新新的叶子来，我手上拿着诗集，心里有一种很难描述的快乐，觉得很平安很满足。

那天也是我第一次看到植物园的荷池，站在满池亭亭的莲叶旁，空气中充塞着一种模糊而又熟悉的清香，幼年时和父亲同游玄武湖的记忆在霎时都重现在眼前，阳光在霎时也变得柔和起来。我好像进入了一个不大一样的世界，在那里，时光滞留不前，我心中充满了一种恍惚的乡愁。

对我来说，读诗和写诗也和荷花荷叶一样，每次都能把我领进那一个不大一样的世界里面去，在那里，心中没有任何的负担，我只是喜欢反复温习那一种恍惚的甜蜜和忧伤。

在平日，画画与教画是我的工作，是我与这人间接触的工具。所以我不断地想要求进步，想要求更好与更深的表现，想要得到别人的了解，想要成为这社会的一部分，想要为这个时代留下一些证据，我确实是想做到这些的。虽然，以我的能力，我也许一辈子都做不到，但是，我确实是尽我的力在做了，而且，朋友们对我的种种要求和鞭策我都很认真的接受，也都很感激。

可是，我亲爱的朋友们啊！我实在没有办法把我的诗也变成一种工作的成绩，我实在做不到，也实在舍不得，舍不得放弃掉这最后一点点单纯的快乐和安慰。

我只是喜欢在忙碌与紧迫的一天之后，在认真地扮演了种种角色之后，可以终于在灯下，终于在夜深人静的时刻，拂拭掉心上所有的尘埃，与另一个自己静静地相对。

这是我最后的一个角落了。我亲爱的朋友们啊！我是不是可以继续保有着这一个并不常出现的角落？继续保有着这一个狭小而孤独的世界呢？

是不是，可以继续这样下去呢？

茉　　莉

院墙边那一棵老茉莉今年疯了，一个五月下来，整整开了上千朵的花！

茉莉是依墙攀缘而上的，在红砖墙上原来留了一些装饰用的空格，几年下来，它的枝叶就在这些空格里穿来穿去，竟然爬满了一墙。叶子又肥又绿，衬着那些三朵五朵长在一起的小小花苞，真像夜空里满天的繁星，好看极了。

在起初，看到那样多那样密的花苞时，我还迟迟不敢相信，不敢相信每一朵都真的会开，不敢相信会真有那样的时刻。

可是，过了几天，它们真的陆续地开起来了，而且越开越多。每天，只要一到落日时分，小朵小朵的蓓蕾就会慢慢绽放，圆圆柔柔的，伴随着那种沁人心脾的芳香。整个晚上，我就站在墙边，站在花下，一朵一朵地数着，数到眼睛都花了的时候，也不过只是在一个小小的角落里而已。可是，那些还没来得及数到的，那些怎样也算不清楚、怎样也点不完全的花朵，还在枝叶茂密的地方盛开着，清香而又洁白。

那几个初夏的夜晚，只要一站在花前，看着满树的茉莉，我就会变得颠颠倒倒的，好像整个人也跟着这一树的花朵疯了起来。

那一阵子，跟朋友写信，总忍不住要提一下这件事，怕朋友不相信，还在信里夹上几朵香香的茉莉寄去，还是觉得不够，又想要替它照几张相片。

那天晚上，丈夫在他的灯下看书，不理睬我，我就在窗外一直央求他。被我缠不过了，他只好拿了相机出来，一面又气又笑地问我：

"你照这些花到底要干什么？"

"做一个证明啊！"我理直气壮地回答他，"证明我真有一棵茉莉，证明它真的开了那么多朵花啊！"

"这样一张相片又能证明什么呢？花的香气和它的漂亮都是照不出来的。其实，相信你的朋友，用不着证明也会相信你，而那些不相信你的人，无论给他们什么证明也是没有用的啊！"

丈夫一面数落着我，一面还是给我在花前好好地照了几张，在他又回到他的灯下之后，我一个人静静地站在墙边，站了好久，想着他说的话。

是啊！这样一张相片又能证明什么呢？相信我的朋友，用不着任何的证明就会相信我。他们愿意相信我的每一句话，愿意相信我在这初夏的夜晚，在这棵芬芳的花树前种种的欢喜与赞叹，并且也乐意与我分享这所有的经验。

而那些不肯也不愿相信我的人，尽管我怎样努力，恐怕也不会得到他们的信任的。

这世间有那么多不同种类的人，我为什么一定要让所有的人都来相信我呢？而且，这世间有多少美丽的时刻是无法留下证据也无法留下痕迹来的啊！我又凭什么一定要别人来相信我？

相信了我以后，又能怎么样呢？

卢森堡的黄花

一直不知道那种花的名字。

那年春天，我们在卢森堡小国里度了蜜月，那个国家小得不得了，我们的老爷车开得再慢，也在一个星期里面把整个卢森堡绕了两圈。

那种花就是在绕第二圈时看见的，是在一个有着薄雾的早上，经过了一个小山城，在城郊的山道旁看到的。

长长的黄色花朵，像穗子一样的长在树上，在雾里看过去，整棵树就像一把巨型的花束，让人心里觉得好开朗，好快乐，好想也下去摘一把。

真的有人在摘花，山道旁，那些早起的乡下人真的在雾里一枝一枝地采摘着了，他们互相微笑地打着招呼，还有人对我们招手。

我好想下车，好想和他们一样，去林子里采上一大把黄色的花，好想把那些快乐的花抱个满怀，好想就那样地过上一辈子。

可是，我们的车没有停。

我们的车没有停，因为什么原因呢？在十几年后的今天，我们已经不太记得起来了。也许是因为车里没有水,没有花瓶,怕花摘下来之后活不久,也许是因为车外没有家,没有停留的理由,就算把花摘下来了,也没有一个可以用它来装饰的角落。

一直很喜欢欧洲的山、欧洲的水,和欧洲那些怒放的花朵。从小就盼望着,盼望着有一天,也许会在瑞士,也许会在法国,甚至,也许会在小小的卢森堡住下来,拥有一个小小的开满了花的家。

长大了以后,真的去了,真的到了那些盼望着的美景里去了,却发现,自己只能做一个过客,自己只愿意做一个过客。

因为,"家"不是那样简单的一种组合,不是说,只要有山、有水、有花就可以定居下来的,不是那么容易的啊!

如果那么容易的话,不是到处都可以停留下来了吗?可是,为什么心里那么不安?为什么不能就那样地过上一辈子呢?

所以,我们的车没有停,在那个春天的早上,我从后望镜望过去,镜里的黄花越来越模糊,越来越遥远。

一直不知道那种花的名字。

毒药草

前几天,和妹妹一起上了阿里山。

好多年没去了,刚到山上时,我着实吓了一大跳。

以前的那个小火车站不见了,在我眼前的,是红瓦白墙的宫殿建筑,是一排一排的商店,是一波一波的游客,是横冲直撞的大客车,是喧哗嘈杂的大怪手。他们把整个山坡给铲平了,而且好像还没有罢休的意思,泥泞不堪的广场上堆满了砖瓦和钢筋,看样子,他们正摩拳擦掌地准备好好干上一番哩!

我实在是给他们吓坏了,是什么人让他们这样做的?是什么人准他们这样做的?以前那样幽静美丽的小火车站到哪里去了?再这样继续下去的话,阿里山和台北火车站前又有什么不一样了呢?大家又何必老远地跑到这山上来,呼吸着柴油车尾的浓烟,抢着买一些尼龙制的山地服装,赶着寄一些在衡阳路和重庆南路上都可以买得到的风景明信片呢?

我那样怀念着的风景，到底还有没有呢？我心里实在很害怕，害怕给他们抢走了我仅有的那些记忆，那些都是我最珍惜的记忆啊！

所以，当我和妹妹顺着宽敞的柏油路走上去的时候，心里一直是七上八下的，甚至想就这样马上转身下山好了，下山以后回台北，直接上阳明山公园算了。因为，眼前这条柏油路和路旁栽植的那些笨笨的杜鹃，好像都是从阳明山搬来的，像水泥一样的糊进我的心中，让我喘不过气来。

就在那个时候，我看见那些花了，多美丽的花朵啊！

就在柏油路和水泥驳坎的外面，是那个似曾相识的山林，满山开着一种野花，长而直的花梗上缀着从紫红到浅粉到纯白的串串风铃，衬着青绿的野草，和后面郁绿黑蓝的森林，是一幅又一幅让人心醉的画面。雾在森林里到处流动着，野花在林子里到处盛开着，我久悬着的心终于安静了下来，原来他们还是留下了一些东西的，留下了一些可以让我们在里面徜徉终日的美景。

奇怪的是，怎么不见摘花的人？也没看到拿着枝枝叶叶在走路的人？满山盛开的野花到底叫什么名字？

两个香林国小的小朋友走过我身旁，大概是放学了，背着书包打打闹闹地走过来，我问了其中的一个女孩子，这种花叫什么名字？

"毒药草。"

她简单地回了我一句，她身旁的小男孩却向我做了一个顽皮的手势：

"不能碰啊！碰了就会死翘翘啊！"

好啊！真好啊！再也没有比这个更好的办法了！让这些野花到处盛开的办法就是给它们取一个恶毒的名字，再加上一些恐怖的传说，也许是真的，也许是假的，不管怎么样，总不会有人去试一试的罢？

一路走上去，路旁也会偶尔看到一两株被摘下后又被弃置的花朵，大概是摘下来之后，就被这个名字吓得心胆俱裂，然后忙不迭地远远抛了开去的罢？

好啊！真好啊！怎么会想到这么好的办法呢？

我一路往山上走着，一路朝这些野花微笑，好像觉得，这满山盛开的野花也都在向我会心地微笑。

花　　事

羊蹄甲

　　羊蹄甲是一种很难画好的花。花开时,整棵树远看像是笼罩着一层粉色的烟雾,总觉得看不清楚,画不仔细。可是,你如果真的要靠近了来观察它的话,它那一朵一朵细致如兰花的花朵却又完全是另一种样子,和远看时完全不同,你又不知道该如何下手了。

　　假如一朵一朵的画起来,怎么样也不像原来的那棵树,但是,假如只用深深浅浅的色点来表现的话,又觉得不甘心,因为它原来的花朵那样秀美细致,实在是不能只用一些色点来形容就算了的。

　　我们师专校园里有几棵很老的羊蹄甲树,长在堤边,一到开花的时候,学生们就会在树底下走来走去,近也不对,远也不行,不断地变换着位置,一边观察一边嘴里埋怨着,手底下却又不肯停止地画了起来。

　　我坐在树下观察他们的表情,觉得他们和年轻时候的我并没有两样,不禁微微地笑了。

　　天好干净,是那种澄明的蓝,草好柔软,是那种细密的绿。穿着白色衬衫和灰色运动裤的男女同学散坐在树下,风吹过来,羊蹄甲粉紫色的小花瓣就轻轻柔柔地落了下来,有几瓣落在女孩子的头发上,有几瓣落在男孩子的肩膀上,有几瓣落在我的速写簿里,似乎还带着一阵淡淡的幽香。

　　忽然觉得,人生也许就是这样了,只要是自然的,只要是顺着天意的,就算是花落了也不一定要觉得悲伤,甚至也可以有一种淡淡的喜悦,就像这风里的若有若无的清香。

　　不是吗?在整个人生的长路上,不是都开着像羊蹄甲一样迷迷濛濛的花树吗?往前看过去的时候,总是看不真切,总是觉得笼罩着一层缥缈的烟雾,等到真的走到树下了,却又只能看到一朵一朵与远看时完全不同的单薄细润的花朵。只要稍微迟疑,风就吹过来,把它们一瓣一瓣地吹散,轻柔地拂过你的脸颊,在你的发间或者肩膀上留下一点淡淡的幽香,然后就静静地落在你身后的草丛里,逐渐褪色,逐渐消逝,静静地望着你向前走去,向着另外的一棵迷蒙的花树走去。

　　等你回过头再望回来的时候,在暮色里,它又重新变成了一个迷蒙的记忆，深深浅浅、粉粉紫紫的站在那里，提醒你曾经走过来的，那些清新秀美的春日，那条雨润烟浓的长路。

忽然觉得，人生也许真的就是这样了，我们都走在一条同样的路上，走得很慢，隔得很远，却络绎不绝。

杜　　鹃

原来，并不是每个春天都能一样的，原来，也有花开得好或者不好的分别的。

三四年以前，那个春天，石门的杜鹃开得特别的好，在水库管理局的大草坪上，一丛又一丛地怒放着。都是种了好多年的老树了，长得特别茂密高大，花开起来的时候，像是一片锦绣的帷幕，鲜紫、大红、浅粉、莹白；在蓝得透明的天空下燃烧着，把所有经过的人都看呆了。

那个春天我开始画一张大画，上面满满的都是盛开的杜鹃。

可是，好短促的春天呀！画只画了一半，杜鹃却不等我，转眼的工夫，花谢得满地，我的画一直没能画完，一直就在画室里摆着。

"也罢！"我想，"就等下一个春天罢。"

在下一个春天之前，勤奋的工人把所有的杜鹃都修剪得平平的了，听说是要剪矮了花才会开得好，曾经是那样高大美丽的花树都被剪成了一块一块，方方整整的，像水泥围墙一样的立在草坪中央。

而那年春天，花开得并不好，不知道是不是剪得太苦了的关系。第二年也仍然恢复不起来，花苞很少，零零落落的应付了一季。

到了今年，花是长高了一点，却又整整下了两个月的雨，搁在墙角的大画再不处理，恐怕都要长霉了。那一阵子，走出走进的，只要听到"花季"或者"杜鹃"那两个字，我心里就会觉得闷闷的，觉得有什么事没做好，觉得有很多说不出的怨怪，觉得有很多理不清的牵绊；而对那些在雨中慢慢开始绽放的杜鹃，竟然有了一种厌烦和怨怼的心情了。

有一天，仍然下着雨，我开车去中坜，经过一个小学的校门口，刚好他们放学了，孩子们顶着雨衣打着伞，高高兴兴地走回家去。学校围墙外面，种满了杜鹃。

车子减速经过他们身旁的时候，有一个小男生忽然脱离了队伍，往墙边跑过去，在他身后追着他跑的，大概是他的姊姊，一路追着叫着在骂他。

我把车子慢慢停靠到路边，很想知道，这个小男孩到底想做什么，马路对面，他姊姊已经抓住了他，又把他牵回到队伍里面去了。不过，和刚才不同的是，他已经成功地捡起了一把刚刚被队伍折断而掉到地上的杜鹃花，并且把它们倒插在他的小黄帽子底下，红艳艳的花朵，和他黝黑顽皮的小脸蛋儿摆在一起，显得更艳更红了，小男孩正张大着嘴在哈哈地笑着。

我转过头来发动车子，才发现，我也正张大着嘴在哈哈地笑着，心里好快乐！

这个小男孩才是一个真正懂得爱惜春天和欣赏杜鹃的小小可人儿啊！

真的！这样的春天，这样的杜鹃才是真正的快乐人生。遇见了就捡起来，喜欢了就戴上去，自自然然的，没有什么一定要成功的负担，没有什么一定要实现的计划，没有什么一定要嵌入的模式和理想，这才是真正的春天和真正的杜鹃，这才是上天当初为我们安排了四季和所有的花朵的原意啊！

有月亮的晚上

我一个人走在山路上。

两旁的木麻黄长得很高很密,风吹过来,会发出一种使人听了觉得很恍惚的声音,一阵强一阵弱的,有点像海潮。

海就在山下,走过这一段山路,我就可以走到台湾最南端的海滩上。夜很深了,路上寂无一人,可是我并不害怕,因为有月亮。

因为月亮很亮,把所有的事物都照得清清朗朗的,山路就像一条回旋的缎带,在林子里穿来穿去,我真想就这样一直走下去。

假如我能就这样一直走下去的话,该有多好!

不过,当然,我是不能这样的。我应该回到旅馆房间里去。因为,这个白天我已经在海边画了一天了。明天早上,还要和另外几位朋友一起到山里面去写生,我现在最需要做的事情就是回房间去洗澡、睡觉,好准备明天的来临。

可是,我实在不想回去,这样的月夜是不能等闲度过的。在这样的月夜里,很多忘不了的时刻都会回来,这样的一轮满月,一直不断地在我的生命里出现,在每个忘不了的时刻里,它都在那里,高高地从清朗的天空上俯视着我,端详着我,陪伴着我。

白昼的回忆常会被我忘记,而在月亮下的事情却总是深深地刻在我心里,甚至连一些不相干的人和事也不会忘。

就好像有一年在瑞士,参加了一个法文班的夏令营,在山里一幢古老的修道院里住了十天。学生里有东方人也有西方人,几天下来就混熟了。有个晚上,十几个人一起到教堂后面的树林里去散步。那天晚上月亮就很亮,可是在林子里的我们起先并不太觉得,等到从林子里走出来面对着一大片空阔的草原时,才发现月亮已经将整座山、整片草原照耀得如同白昼。比白昼更亮的是一种透明的水绿色的光晕,在山间在草丛里到处流动着,很亮可是又很柔,像水又有点像酒。

我们都静下来了，十几颗年轻的心在那时都领会到一点属于月夜特有的那种神秘的美丽了。没有人舍得开口，大家都屏息地望着周围，好像都希望能把这一刻尽量记起来，记在心里。

然后，一个从爱尔兰来的男孩子忽然兴奋地叫了起来：

"跑啊！看谁先跑到那边的林子里去！"

是啊！跑啊！在这一片月色里，在这一片广大的草坡上，让我们发狂地跑起来，用我们所有的力气，一直跑到对面的林子里，对面的阴影里去罢！

大家都尖叫着往前冲出去了，我动作比较慢，落在他们后面，可是仍然嘻嘻哈哈地跟着跑。这时候，前面人群里的一个男孩子回头对我笑着喊了一句：

"快啊！席慕蓉，我们等你！"

我怔了一下，不知道他怎么会晓得我的名字的。我只知道他是在苏黎世大学读工科的一个中国同学，白天上课时他总是坐在角落里，从来没和我说过一句话。

那时候，我连他姓什么也不清楚，而在他回过头来叫我的那一刹那，我却忽然觉得有一种似曾相识的感觉。月光下他微笑的面容非常清晰，那样俊秀的眉目是在白昼里看不到的。我说不出来是什么原因，可是，在那天晚上，月下的他回头呼唤我时的神情，我总觉得在什么时候见过一样的：一样的月、一样的山、一样的回着头微笑的少年。

当然，那也不过只是一刹那之间的感觉而已，然后我就一面挥手，一面脚下加劲地赶上，和他们一起横越过草原，跑进了在等待着的那片阴暗的树林里了。

那天晚上以后的事我都记不起来了，我想，大概不外乎风比较大了，天比较冷了，夜比较深了；然后，就会有比较理智的人提议该回去了，大概就是这样了罢？世间每一个美丽的夜晚不都是这样结束的吗？

我以后一直没再遇到过那个男孩子，但是，有时候，在有月亮的晚上，我常会想起一些相似的月夜，也就常会想起他来。好多年也这样过去了。

回国以后，有一次，在历史博物馆开画展，一对中年夫妇从人丛中走过来向我道贺，交谈之下，才知道男的曾和我在瑞士的夏令营里同过学，忽然间想起来他就是那天晚上那个在月光下回头向我呼唤的少年，眉目之间，依

稀仍留有当年的模样。我一下子兴奋起来,大声地问他:

"你记不记得?有一天晚上,我们在月亮底下赛跑的事?"

他思索了一下,然后很抱歉地说:

"对不起,我完全想不起来了。我倒记得在结业典礼上我们中国同学唱《茉莉花》唱走了音,你又气又笑的样子。"

我记得的事情他不记得,他记得的事情我却早都忘了,多无聊的会晤啊!他的太太很有耐心地听着我们交谈,也露出了感兴趣的笑容,可是,有些话,我能说出来吗?面对着眼前这一对衣着华丽、很有风度的夫妇,我能说出我那天晚上的那种感觉吗?如果我说了,会引起一种什么样的误会呢?

当然,我没有说,我只是再和他们寒暄几句就握别了,听男的说他们可能要再出国,再见面又不知道会是哪一年了。当时,在他们走后,我只觉得很可惜,如果能让他知道,在如水般流过的年华里,有一个人曾经那样清晰地记得他年轻时某一刹那里的音容笑貌,他会不会因此而觉得更快乐一点呢?

月亮升得很高,我已经快走到海边了,木麻黄没有了,换成一丛一丛的苎麻,在岩石间默默地虬结着。它们之中有好多开花了,又长又直的花梗有一种很奇特的造型,月亮在它们之上显得特别的圆。

海风好大,把衣服吹得紧紧地贴在身上,我恐怕是该往回走了,到底,我已不再是年轻时的那个我了。

心里觉得有点好笑,原来,不管怎么计划,怎么坚持,美丽的夜晚仍然要就此结束,仍然要以回到房间里,睡到床上去作为结束。这么多年来,遇到过多少次清朗如今夜的月色,有过多少次想一直走下去的念头,总是盼望着能有人和我有相同的感觉,在如水又如酒的月色里,在长满了萋萋芳草的山路上,陪着我一直不停地走下去,走下去,让所有的事物永远不变,永远没有结束的一刻。

而从来没有一次能如愿。总是会有人很理智又很温柔地劝住了我,在走了一半的路上回过头去。总是会有人告诉我,我该怎么做才对。总是会有人笑我,说我所有的是怎样痴傻的念头啊!

而今夜,没人在我身旁,我原可以一直走下去的。可是,我仍然也只能微笑地停了下来,在海滩与近在咫尺的海水之前停了下来。浪潮轻轻地打到沙岸上,发出叹息一样的嘶声,而我对一切都无能为力,惟一能做的事,仍然只有转过身来，往来路走回去。

不过，今夜的我，到底是比较成熟些了罢，我想，其实，我也不必为一些没能说出的话，或者没能做到的事觉得可惜。我想，在我自己的如水般流过的年华里，也必然会有一些音容笑貌留在一些不相干的人的心里了罢。日子绝不是白白地过去的，一定有一些记忆是值得珍惜，值得收藏的。只要能留下来，就是留下来了，不管是只有一次或者只有一刹那，也不管是在我知道的人或者不知道的人的心里。

世事应该就是这样了罢。

月亮在静静地端详着我，看我微笑地一个人往来路走回去。

生命的滋味

一

电话里，T告诉我，他为了一件忍无可忍的事，终于发脾气骂了人了。

我问他，发了脾气以后，会后悔吗？

他说：

"我要学着不后悔。就好像在摔了一个茶杯之后又百般设法要再粘起来的那种后悔，我不要。"

我静静聆听着朋友低沉的声音，心里忽然有种怅惘的感觉。

我们在少年时原来都有着单纯与宽厚的灵魂啊！为什么？为什么一定要在成长的过程里让它逐渐变得复杂与锐利？在种种牵绊里不断伤害着自己和别人？还要学着不去后悔，这一切，都是为了什么呢？

那一整天，我耳边总会响起瓷杯在坚硬的地面上破裂的声音，那一片一片曾经怎样光润如玉的碎瓷在刹那间迸飞得满地。

我也能学会不去后悔吗？

二

生命里充满了大大小小的争夺，包括快乐与自由在内，都免不了一番拼斗。

年轻的时候，总是紧紧跟随着周遭的人群，急着向前走，急着想知道一切，急着要得到我应该可以得到的东西。却要到今天才能明白，我以为我争夺到手的也就是我拱手让出的，我以为我从此得到的其实就是我从此失去的。

但是，如果想改正和挽回这一切，却需要有更多和更大的勇气才行。

人到中年，逐渐有了一种不同的价值观，原来认为很重要的事情竟然不再那么重要了，而一直被自己有意忽略了的种种却开始不断前来呼唤我，就像那草叶间的风声，那海洋起伏的呼吸，还有那夜里一地的月光。

多希望能够把脚步放慢，多希望能够回答大自然里所有美丽生命的呼唤！

可是，我总是没有足够的勇气回答它们，从小的教育已经把我塑铸成为一个温顺和无法离群的普通人，只能在安排好的长路上逐日前行。

假如有一天，我忽然变成了我所羡慕的隐者，那么，在隐身山林之前，自我必定要经过一场异常惨烈的厮杀罢？

也许可以这样说：那些不争不夺，无欲无求的隐者，也许反而是有着更大的欲望，和生命作着更强硬争夺的人才对。

是不是可以这样解释呢？

三

——如果我真正爱一个人，则我爱所有的人，我爱全世界，我爱生命。如果我能够对一个人说"我爱你"，则我必能够说"在你之中我爱一切人，通过你，我爱全世界，在你生命中我也爱我自己。"

——E·佛洛姆

原来，爱一个人，并不仅仅只是强烈的感情而已，它还是"一项决心，一项判断，一项允诺。"

那么，在那天夜里，走在乡间滨海的小路上，我忽然间有了想大声呼唤的那种欲望也是非常正常的了。

我刚刚从海边走过来，心中仍然十分不舍把那样细白洁净的沙滩抛在身后。那天晚上，夜凉如水，宝蓝色的夜空里星月交辉，我赤足站在海边，能够感觉到浮面沙粒的温热干爽和松散，也能够同时感觉到再下一层沙粒的湿润清凉和坚实，浪潮在静夜里声音特别缓慢，特别轻柔。

想一想，要多少年的时光才能装满这一片波涛起伏的海洋？要多少年的时光才能把山石冲蚀成细柔的沙粒并且把它们均匀地铺在我的脚下？要多少年的时光才能酝酿出这样一个清凉美丽的夜晚？要多少多少年的时光啊！这个世界才能够等候到我们的来临？

若是在这样的时刻里还不肯还不敢说出久藏在心里的秘密，若是在享有的时候还时时担忧它的无常,若是在爱与被爱的时候还时时计算着什么时候会不再爱与不再被爱;那么,我哪里是在享用我的生命呢?我不过是不断地在浪费它在摧折它而已罢。

那天晚上,我当然还是要离开,我当然还是要把海浪、沙岸,还有月光都抛在身后。可是,我心里却还是感激着的,所以才禁不住想向这整个世界呼唤起来:

"谢谢啊!谢谢这一切的一切啊!"

我想,在那宝蓝色深邃的星空之上,在那亿万光年的距离之外,必定有一种温柔和慈悲的力量听到了我的感谢,并且微微俯首向我怜爱地微笑起来了罢。

在我大声呼唤着的那一刻,是不是也同时下了决心、作了判断、有了承诺了呢?

如果我能够学会了去真正地爱我的生命,我必定也能学会了去真正地爱人和爱这个世界。

四

所以,请让我学着为自己的行为负责,请让我学着不去后悔,当然,也请让我学着不要重复自己的错误。

请让我终于明白,每一条走过来的路径都有它不得不这样跋涉的理由,请让我终于相信,每一条要走上去的前途也有它不得不那样选择的方向。

请让我生活在这一刻,让我去好好地享用我的今天。

在这一切之外,请让我领略生命的卑微与尊贵。让我知道,整个人类的生命就有如一件一直在琢磨着的艺术创作,在我之前早已有了开始,在我之后也不会停顿不会结束,而我的来临我的存在却是这漫长的琢磨过程之中必不可少的一点,我的每一种努力都会留下印记。

请让我,让我能从容地品尝这生命的滋味。

两种时刻

我必须要承认,生活与生命在起初确实是不容易分辨的。

那时候,每天,我都在认真地过着我的日子,迎接着每秒每分变换着的时光。可是,我对任何事件都没有足够的智慧来分辨,我永远不能很清楚地知道,什么是对我重要的,哪一件才是我想要永久保存的。因此,生活里永远充满了混乱、懊恼、悔恨和无所适从的感觉。

日子怎么会过成这样的呢?

原来该是清明和朗爽的生命,却因为生活中所有琐碎的无知而改变了面貌。

今天,我又回到新北投山坡上的那个旧家去了。

屋子的新主人并没有住在那里,所以,所有我们曾经珍惜过的事物如今都只好任它弃置任它荒芜了。

大门是虚掩着的,站在门外的我可以看见我那杂草丛生的昨日。杜鹃、山茶、紫薇和桂花都被蔓草遮盖住了,只有门边那一棵七里香依然无恙,长得又高又大,并且依然对我开着细小洁白的花朵。暮色逐渐加深,郁香依旧袭来,我亲爱的朋友啊!你们之中,有谁能够真正解我悲怀?

在这个院子里,有我亲手种下的树,有我沿着小路边仔细栽下的花,石砌的矮墙内曾经有过如茵的绿草。多少个夏日的清晨,我喜欢赤足站在上面,嫩而多汁的小草特别沁凉、特别细密,衬出我洁净的足踝和我那洁净的青春。大屯山总是在云里和雾里,绕着墙外流过的,就是那一条小河,让我在每天早上刚醒的时候都会以为是雨声的小河。

这么多年过去了,小河的水流仍然是一样的声音,而那个曾经那样喧哗快乐的家究竟到什么地方去了呢?那个短发圆脸爱笑爱闹的女孩怎么会改变得完全认不出来了呢?那些个曾经那样温暖和芬芳的夜晚,有多少次,刚升起的月亮就在整排静默的尤加利树后面,月明如水,而为什么?在那些时刻里，我却总是一句真心的话都不肯透露，一点消息都不肯传递呢？

生活与生命的分别也许就在这里了罢。

在生活里，一切都好像是正常和必须的，所以我们一切的反应也都是从容和有规有矩的。但是，在面对着只属于生命的那些独特时刻里，却总会有一种压力迎面而来，让我们觉得犹疑、战栗和身不由己。

十九岁那年，站在山坡上，远远望去，仿佛所有的峰峦、所有的江流都充满了一种令人振奋的希望。而二十年后再来登临，再来远远地望过去，山峦与江流外面的世界就是我们曾经摸索追寻、跌倒再爬起来、哭过也笑过的那一个世界。在灰紫色的暮霭里，所有的过去井然有序地在我眼前排列开来，我发现，我竟然能够很轻易地就分辨了出来，哪些时刻是属于生活，而哪些时刻是只属于我的生命的了。

因此，就真的好像我写的那两句诗了：

　　——所有的时刻都很仓皇而又模糊
　　　除非你能停下来　远远地回顾
　…………

因此，对那个在逝去的岁月里认真生活过的我，总禁不住会产生一种怜爱的感觉。真奇怪的安排啊！为什么在回头看的时候能够看得那样清楚，而在事情发生的当时却总是惶惶然不知所措的呢？也许，有的人会说，这是随着年龄的成长而逐渐改变的一种力量。那么，这种逐渐让我们改变的力量到底是怎么来的呢？为什么一定要我们用一生的时间来搜寻才能发现？

我年轻的学生写信给我，她问我："老师，在您的一生里，好像一直是安稳地走过，您可曾经历过挫折吗？"我不知道该怎样回答她。如果她的挫折指的是战乱、流离、穷困、被歧视、被冤屈、失败和失望这些历程的话，那么我是都经历过的。在我的生活里确实遭遇过不少的风浪与挫折，也曾焦头烂额地应付过，可是在应付过去了以后我就把它们都忘记了。今天要我再来追溯就是一些非常模糊的片段，而在这些片段里我能记得的也只是一些令我觉得安慰的朋友的言词，他们的安慰就好像那些闪烁在黯淡天空上的星辰，使我的生命因此而变得比较坚强和充实，所有的挫折都只是生活上一些必须经历然后再忘记的时刻了。

在我成长的过程里，上苍不断地眷顾着我，他不断地给我增添了无数美丽的记忆。就好像结婚的时候，两个穷学生怎样筹措、怎样张罗的细节都已经记不起来了，却一直记得他给我的那把小苍兰的柔白与芬芳。还有他告诉我的花店女店员怎样追出来微笑地为他在礼服上插上胸花，而我不断地想象，当他捧着那把小苍兰喜孜孜地走过布鲁塞尔春天的市街前的时候，他周围的行人曾经用怎样怜爱与欣羡的眼光目送过他。

又好像那一次几乎要置我于死地的难产，在待产室里怎样孤独又焦虑地接受那好像永无止尽的折磨。那些挣扎，那些哀号，在今天回想起来时都非常模糊了。却永远记得在听到孩子第一声啼哭时我盈眶的热泪，还有那个不知道名字的护士在我身旁一迭声地安慰："好勇敢的妈妈！好勇敢的妈妈！"

又好像那一年，当他的母亲突然逝去的时候，我是怎样努力将他从深沉的悲伤里带引出来的种种也已经忘记了。却永远记得在过了好多天木然的日子以后，有一天早上，他终于将我环抱起来，用极轻极柔的拥抱，让我明白，此后我将是他惟一深爱并且可以依靠的人了。这样一种无言的许诺，在世间将没有任何珍宝可以替代，而我每回想起，每回心中就充满了庄严与温柔的感激，我愿永生永世能在他的身边，做他的妻。

所以，我亲爱的朋友啊！我相信我们彼此都已经开始明白了。我不必在这里把那些我已经不再在意和已经快要忘记的挫折和忧伤再一一列举出来，我所想的和我所写的都是我愿意留下来的记忆，生活与生命真正的分野也许就在这里了罢：前者只是一种我们经历过的无法逃避的、在有一天终于都会过去的分分秒秒，而后者却是我们执著的，不断想要珍惜地记起来的那些人和事的总和。

日子怎么会过成这样！

因此，今天的我，站在荒芜了的旧日庭院前的我，一面感受到傍晚山风袭来的肃杀，一面却又深深地呼吸着七里香浓郁的芳香，生活与生命是怎样一种奇妙而又矛盾的组合啊！

我知道，日子会逐渐地过去，岁月想必也会逐渐地在我心中织成一张温柔的网，我想必也会在将要来临的日子里，把这些生活上不可避免的悲愁逐渐忘记，把这一层灰紫色的暮霭和丛生的杂草都从记忆里剔除，然后，在回头看的时候，我将只会记起这一棵七里香来。对于今天这一个时刻所有的记忆，将只有这一棵七里香了。那样高大、那样诚恳，却又那样细致地在我最需要它的时候，为我开出了一树细小、洁白和芬芳的花朵来。

  亲爱的朋友，有些花树生长在山林间，有些花树将会永远长在我的心中，长在生活与生命交错而过的时刻里，我将永远不会，永远不会忘记。

写给幸福

翠　鸟

夏日午后，一只小翠鸟飞进了我的庭园，停在玫瑰花树上。

我正在园里拔除杂草，因为有棵夜合花挡在前面，所以小翠鸟没看见我，就放心大胆地啄食起那些玫瑰枝上刚刚长出的叶芽来了。

我被那一身碧绿光洁的羽毛震慑住了，屏息躲在树后，心里面轻轻地向小鸟说：

"小翠鸟啊！请你尽量吃罢，只求你能多停留一会儿，只求你不要太快飞走。"

原来在片刻之前还是我最珍惜的那几棵玫瑰花树，现在已经变得毫不重要了。只因为，嫩芽以后还能再生长，而这只小翠鸟也许一生中只会飞来我的庭园一次。

面对着这一种绝对的美丽，我实在无力抗拒，我愿意献出我的一切来换得它片刻的停留。

对你，我也一直是如此。

喜　鹊

在素描教室上课的时候，我看见两只黑色的大鸟从窗前飞掠而过。

我问学生那是什么？他们回答我说：

"那不就是我们学校里的喜鹊吗？"

素描教室在美术馆的三楼，周围有好几棵高大的尤加利和木麻黄，茂密的枝叶里藏着很多鸟雀，那几只喜鹊也住在上面。

有好几年了，它们一直把我们的校园当成了自己的家。除了在高高的树梢上鸣叫飞旋之外，下雨天的时候，常会看见它们成双成对地在铺着绿草的田径场上慢步走着。好大的黑鸟,翅膀上镶着白色的边,走在地上脚步蹒跚,远远看去,竟然有点像是鸭子。

有一阵子,学校想重新规划校园,那些种了三十年的木麻黄与尤加利都在砍除之列,校工在每一棵要砍掉的树干上都用粉笔画了记号。站在校园里,我像进入了阿里巴巴的童话之中,发现每一棵美丽的树上都被画上了印记,心里惶急无比,头一个问题就是:

"把这些树都砍掉了的话,要让喜鹊以后住在哪里?"

幸好,计划并没有付诸实现,大家最后都同意,要把这些大树尽量保留起来。因此,在建造美术馆的时候,所有沿墙的大树都被小心翼翼地留了下来,三层的大楼盖好之后,我们才能和所有的雀鸟们一起分享那些树梢上的阳光和雨露。

上课的时候,窗外的喜鹊不断展翅飞旋,窗内的师生彼此交换着会心的微笑。原来雀鸟的要求并不高,只要我们肯留下几棵树,只要我们不去给它们以无谓的惊扰,美丽的雀鸟就会安心地停留下来,停留在我们的身边。

而你呢?你也是这样的吗?

透明的心

陪母亲去医院做复健治疗,是我没课的日子里一定会去做的工作。

尽管外面阳光普照,医院里仍然有股隐隐的寒意,生病的朋友遇见了也会打个招呼,他们的脸色总是比平时的要阴暗多了。

一个实习的小护士走过无人的长廊,两边的落地玻璃窗把阳光带了进来,铺在光滑的磨石子地上,划出一个个的方格。穿着浅蓝色衣裙的小护士忽然微笑了,踮起脚尖开始在这些方格里玩起跳房子的游戏,一路向走廊这头跳了过来。

我就站在走廊的这一端,心中能完全感觉到她的欢喜。是啊!小女孩,快摆脱掉那些病房里的疾病与痛苦罢,在这个有阳光的长廊上,年轻的你有着一切感受快乐与幸福的权利。

我安静地站在满头白发的母亲身后,随着她缓慢的脚步往前走去,长廊外,新长出来的叶子在阳光里竟然是完全透明的。

在你的凝视之下，我多希望我也能有一颗完全透明的心。

独　木

　　喜欢坐火车，喜欢一站一站地慢慢南下或者北上，喜欢在旅途中间的我。

　　只因为，在旅途的中间，我就可以不属于起点或者终点，不属于任何地方和任何人，在这个单独的时刻里，我只需要属于我自己就够了。

　　所有该尽的义务，该背负的责任，所有该去争夺或是退让的事物，所有人世间的牵牵绊绊都被隔在铁轨的两端，而我，在车厢里的我是无所欲求的。在那个时刻里，我惟一要做也惟一可做的事，只是安静地坐在窗边，观看着窗外景物的变换而已。

　　窗外景物不断在变换，山峦与河谷绵延而过，我看见在那些成林的树丛里，每一棵树都长得又细又长，为了争取阳光，它们用尽一切委婉的方法来生长。走过一大片稻田，在田野的中间，我也看见了一棵孤独的树，因为孤独，所以能恣意地伸展着枝叶，长得像一把又大又粗又圆的伞。

　　在现实生活里，我知道，我应该学习迁就与忍让，就像那些密林中的树木一样。可是，在心灵的原野上，请让我，让我能长成为一棵广受日照的大树。

　　我也知道，在这之前，我必须先要学习独立，在心灵最深处，学习着不向任何人寻求依附。

白　帆

　　可是，我如何能做到呢？如何能不寻求依附？在我的心里，不是一直有着你吗？

　　你是一艘小小的张着白帆的船，停泊在我心中一个永不改变的港湾。

　　我对你永远有着一份期待和盼望。

　　在年轻的时候，在那些充满了阳光的长长的下午，我无所事事，也无所怕惧，只因为我知道，在我的生命里，有一种永远的等待。挫折会来，也会过去，热泪会流下，也会收起，没有什么可以让我气馁的，因为，我有着长长的一生，而你，你一定会来。

今天，阳光仍在，我已走到中途。在曲折颠沛的道路上，我一直没有歇息，只敢偶尔停顿一下，想你，寻你，等你。

雾从我身后轻轻涌来，日光淡去，想你也许会来，也许不会，开始害怕了。

也开始对一切美丽的事物怜爱珍惜。不管是对一只小小的翠鸟，或是对那结伴飞旋的喜鹊；不管是对着一颗年轻喜乐的心，或是对着一棵亭亭如华盖的树；我总会认真地在那里面寻你，想你也许会在，怕你也许已经来过了，而我没有察觉。

日子在盼望与等待中过去，总觉得你好像已经来过了又好像始终还没有来，你到底在什么地方呢？你到底是一种什么模样呢？

总有一天，我也会像所有的人一样老去的罢？总有一天，我此刻还柔细光洁的发丝也会全部转成银白，总有一天，我会面对着一种无法转圜的绝境与尽头；而在那个时候，能让我含着泪微笑地想起的，大概也就只有你只是你了罢？

还有那一艘我从来不曾真正靠近过的，那小小的张着白帆的船。

忧天三问

一

我对大自然的力量，一直怀有一种敬畏的心思。

启蒙教育来自幼年时看过的那场电影，片名叫做《纽西兰地震记》。故事情节都忘了，却一直记得那几幕地动山摇的恐怖景象，尤其是那种隆隆的声音，好像从地心深处传来，越来越近，越来越响，然后，在刹那之间山崩地裂，逼得人无处可以逃生。从电影院出来之后，害得我连做了好几天的恶梦。

长大了之后，看到特别高大的山岳，特别湍急的水流，甚至是特别阴霾的天空，都会让我惴惴不安，总觉得那里面有着一些我所不能了解和不能控制的东西。

前几年在雨天里上过一次阿里山，火车在滂沱大雨中驶上山去，到了眠月站时，雨停了，我们走出火车站，却看到四处都有洪流从高山上奔流而下。

因为刚才的雨下得实在太大了，所以，在对面山上原来的那几条瀑布已经来不及容纳，所有的树梢，所有的岩块之上，因而都奔泻着如注的水流。那真是一幕很奇妙的景象，天空已经变晴变蓝，而整座山却还不断地往下滴水。那种水流的声音很亮很响，久久不肯停歇，我不禁想起了那一句：

——君不见黄河之水天上来……

因此，我对于我们人类的有些工程，不得不感到怀疑与害怕起来。

家住在石门水库，眼看着环湖公路一次一次地拓宽，眼看着山坡越削越平，山坡下的驳坎也越筑越厚，有几处常会落石的地方干脆用水泥大块大块地糊了起来。

在这里，我们姑且先不去计较"风景区"的定义，先不去讨论为什么只要有了一处好看的自然风景，就一定会有人去修一条很宽的路，盖几座面目模糊的凉亭，和去糊上很多很多的水泥？对这一点，我们都先暂且不去管它。

我只是想问一个问题，因为，我真的有点害怕了，想一想，整座那样高那样厚的山，经年累月的那样多的风雨，难道真的可以用这样一层水泥就挡住了吗？

二

更害怕的是，每次从埔心转上高速公路，在交流道附近看到的那些被削平了的山坡，上面盖满了密密麻麻的房子，我就真的想去问一下，问一问那些工程的设计人，有没有好好计算过大自然的力量？有没有好好计算过将来的种种可能？

原来是林木苍郁的绵延山陵，在某一天的下午忽然出现了一部"怪手"，朱红色的机器看似笨重，效率却很高，没过几天就可以在林子里开出一条土红色的路来。然后，所有的树木在很短的时间里就会全部伐尽，剩下秃秃的山头泛着很难看的铅色的光，然后，好像是阿拉丁神灯里的那个巨人，在一夜之间就盖起一座城堡来。

真的，几乎像是一夜之间的事，钢筋与水泥就占据了整个山头。有些建筑公司还有智慧，知道配合着山的形式来设计他们的社区，屋子彼此之间的距离也还够宽，路也修得够从容，开车上去参观的时候，也实在很吸引人。

可是，有些建筑公司的设计未免太狠心和太贪心了一点。车子往上开的时候，陡削的程度真如上天梯，而两旁拥挤着号称是别墅的建筑物，一幢又一幢紧紧地贴在一起。虽然还只是空屋空巷，却已经有了一种逼人的拥挤。想一想，这种一千多户的大社区，假如人都搬进来了，都挤在这一处山坡上，该是怎样混乱的一种景象？

而且，我真正怀疑的是，房子盖好了以后，会有人来住吗？在这样偏僻的山坡上，盖得这样拥挤，到底是为了什么？

三

我想，我所担心的事，大概太多了一点，那么，前面的问题我都不再问了，容我提出我的第三个问题来罢。那就是，那些把房子盖到一半就不管了的人，我们要用什么办法来制裁他们呢？

是的，就算他们把好好的山坡都铲平了我们也认了，就算他们没有做好水土保持我们也认了。既然说是要发展山坡地，那么，就都搬到山上去罢，只要他们能把房子盖好，我们就住进去罢。整座山林都被铲光我们也不计较了，就在每家的前门和后院来种些玫瑰和杜鹃罢，当然，还可以铺些几尺见方的韩国草。也许大家合起来挖个人工池，修个社区公园什么的，将就着来过这种现代人的生活罢，只要，只要他们能把房子盖完，盖好。

可是，那些盖到一半就停工了，然后所有的人都避不见面了的房子，该要怎么办才好呢？

原来苍翠的林木都没有了，在红土的山坡上，剩下几十幢没门没窗也没有屋顶的水泥空架子竖在那里。当初盖来做宣传的样品屋也没人来拆走，木板钉成的城堡已经破烂不堪，周围长满了杂草，就那样荒谬地摆了两三年，看样子，华丽的白日梦是永远不会实现的了。

可是，他们怎么可以就这样一走了之？我们原来的山林呢？我们原来那个朴实自然没有白日梦的世界，他们是不是应该归还给我们呢？

我不知道有没有一种法律可以命令他们把一切恢复原状，命令他们把那些红砖和钢筋铸成的垃圾拆掉，再还给我们一块干净的土地，有没有这种法令呢？

当然，要他们把原来那种郁郁苍苍的林木还回来是绝不可能的了，我们只要求他们尽量把土地恢复成原来的面貌，好让树木可以重新再生长。这样的要求算不算过分呢？

还是说，只有等待大自然来执行这一种惩罚的任务了。而我所害怕的是，到时候，它会不会认为我们都是有罪的呢？

到时候，是不是不管有罪没罪都要被牵连在一起了呢？

夏　日

一、命　运

　　夏天来了，后院的荷香总让我屏息流连。小小的院落因为这种香气竟然变得充实与丰美，在亭亭的荷叶与荷花之间好像有一个辽阔的世界，有时候近得可以碰触，有时候却又极深极远，无法捉摸。

　　喜欢在六个陶缸之间走来走去，抬头细看那些伸展在我头顶更高之处为我遮阴的叶子，逆光的荷叶是一种透明的翠绿。低头的时候，就来细数那些新长出来的小花苞，刚刚出水的花苞就像一支蘸饱了墨汁的毛笔，每一丝每一缕都极为紧密而服帖，仿佛正蓄势待发。

　　奇怪的是：在一缸里，如果同时有四五个小花苞冒出水面时，就总有一朵会长得比较慢。开始的时候并没有什么差别，大家都逐渐饱满起来，颜色也从青绿之中透出粉蓝与淡红。可是，当别的花苞的梗茎在一夜之间突然变得润泽和挺直的时候，它这一朵也似乎在一夜之间突然决定停止生长。接下来的日子里，眼看着其他的花朵逐日茁长壮硕，迎风迎露抢着开出清香娇柔的姿采来，我就会俯身探寻，在缸边那个小小的角落里，我总会找到它。细小枯干的一枝，在快要折断的尖端上仍然残留着一抹深紫的颜色，仿佛仍想坚持它曾经也是一朵花苞的记忆。

　　每次看到它，我每次都会猜想，不知道，在那一个晚上，在那一个长长的夜里，到底发生过什么事情？到底是谁来做的决定？是谁可以来决定一朵花的生长和夭折的命运？

　　在那样一个长长的夏夜里，究竟发生过什么事情呢？

二、成　年

　　现在这一只小泰国猫是以前那只老泰国猫的孙女，比起它的爷爷来，这一只小猫更为乖巧可爱，更亲近人。

前一阵子特别闷热，到了晚上，我喜欢把小猫放在女儿脚踏车前的铁篮子里，然后载着它在附近的巷子里兜风。小猫很高兴，乖乖地坐在前面，任我带着四处去游逛，大大的蓝眼睛也跟着到处探视。

有一家墙外的栀子花开得满树，浓郁的香气在夜里像是一张网，把我整个人罩住了。我下了车，就在树前贪恋地站着。小猫也安静地坐在篮子里，和我一样深深呼吸着这种沁人的清香，并且也跟着抬头向天空张望。

清风徐来，天上是疏落的星群，栀子花树长得又高又浓密，夏夜的乡间竟然可以这样迷人，可是，我该怎么说呢？

我如果告诉朋友：

"我很快乐，因为这星空、这花香、这风，还有这只乖巧安静的小猫。"

这算是什么话？

恐怕又会有好心的朋友要来劝我，说我不可以永远停留在这样幼稚的阶段里，应该赶快面对现实，学习成长，好好地去做一个"成年人"。

其实，我觉得我也许比他们还懂得"成年"的意义：在经历了人世间种种的艰难、种种的动乱与不安之后，才会对这样一个清凉芳香的夏夜由衷地珍惜。

"成年"并不表示要对一切单纯和安宁的事物告别，相反的，一个真正成年的人才能够看见那其实原来随处都在的幸福。

所以，当我微笑不语的时候，并不是表示我已经接受了劝告或者默认了，在"成年"这一点上，我其实是相当有自信的。

三、日　记

虽然我并没有义务也没有权利让别人来正确地认识我，但是我也实在很希望年轻的朋友们别总是把我想象成是一个终日不食人间烟火的女子。

假如我能给你们看我一天之中所做的事，你们就会发现，我其实是一个很斤斤计较并且很贪心的妇人。

假如我公开了今年夏天某一天里的日记：

一九八四年六月廿日，天气晴朗。

早上起来第一件事就是到后院去看荷，看荷叶上的水珠，闻荷香，捉毛虫。当然还速写了几张，因为这是我暑假里的计划之一，要记录一朵荷花从生到死的种种姿态。

临了一张毛笔字，没耐心磨墨，只好用墨汁，每一个字都像荷叶上的花毛虫，张牙舞爪。

然后飞车直奔新竹，参加了学生的毕业美展，仍然迟到了五六分钟，很不好意思。陪白发苍苍的李老师在会场走了一圈，好像又上了一课。

中午之前回到龙潭，去菜市场买了孩子们明天的便当菜。我总认为那个卖牛肉的太太欺负我，每次都给我不太好的牛肉，可是一大堆生肉摆在眼前，偏偏自己又不会挑选，只好央求她帮我挑。菜都贵了，还不如多买点水果。

回来之后，发现冰箱里剩菜还够我和中午放学的老二一起吃，就赶快先去后院锯树。芭乐在去年冬天没锯枝子，现在就长得太密，遮住了荷花的阳光。我面对着鱼与熊掌的抉择，只好爬到树上去，一枝一枝地锯了起来。粗壮的芭乐枝干落地，声音很大，枝叶里满是已经结实的小果子，心里觉得很罪过。

下午一到上班时刻就打电话给医院，打了好几次，才问清楚母亲的住院费可不可以打八折。这中间和画廊还有出版社都通过电话，明年六月希望能有比较好的油画可以展出，这一阵子就该注意合适的画框了。出版社说目前对于那些满街盗印的小卡片无能为力，我也无话可说，只有眼看着别人随意涂改、随意配图、随意地沿街叫卖了。气起来下决心多钉了几个油画内框，发誓从此不再写诗。

但是，下午在涂画布底色的时候，想起了还没缴地价税，又赶快跑了一趟龙潭。车子经过那个大池塘的时候，看到池边两棵大苦楝树被齐根锯断，不禁又想回家写诗了，苦楝树啊！苦楝树，你原是我最珍爱的一份记忆啊！

回家之后，丈夫已经把镭射雕刻的版样带回来了，仍旧有不满意的地方，也许是线条太长的关系，该想个办法来解决，无论如何，

夏　　日

只好请他原谅，再多去试几次了。

晚上写家信，妈妈病情已经稳定，接下来就是种种不得不考虑的现实问题，只好多写信给姊妹们，大家一起来商量。

灯下的我，写完信后已经很困倦了，可是，在把早上的速写簿拿出来之后，精神又来了。用针笔把速写的稿子加以变化，画在另外一本比较厚的本子里，因为这本的纸质比较好，可以上一层淡彩。荷叶上的水珠是最困难的部分，一直画不好。

终于发现，我最爱做的事是在干净厚实的本子上画花，真希望可以不睡觉，可以一直这样画下去。明天早上去看荷的时候，一定要再仔细观察水珠与叶片接触的那一部分。

这就是我六月里的一天。

对我来说，每天都差不多是这样了。我能够过的日子和我愿意过的日子都羼杂在一起，同时摆在眼前。我既不逃避也不挑拣，只是一天天地过下去，等待着一种自然的沉淀。

像所有的夏天一样，安静地成长着，安静地等待那些也许会出现，或者，也许永远不会出现的果实。

时　光

　　暑假后要读四年级的凯儿，这几天开始看福尔摩斯了。到处都可以看到他拿着书聚精会神地研读，在墙边、在树荫下、在大沙发椅的角落里，我的小小男孩整个人进入了福尔摩斯诡异神秘的世界，任谁走过他的身边，他都来不及理会了。

　　但是，偶尔他会忽然高声呼唤我：

　　"妈妈，妈妈。"

　　我回答他之后，他就不再出声了。有时候，我在另外的房间里，没听见他的呼唤，他就会一声比一声高地叫着找过来，声音里透着些微的焦急和害怕，等他看见我的时候就笑开了，一言不发地转身又回去看他的书，我在后面追着问他找我有什么事？他说：

　　"没事，只是看看你在不在。"

　　我不禁莞尔，这小男孩！他一定被书中的情节吓坏了，又不肯向我透露，只好随时回到现实世界来寻求我的陪伴。只要知道妈妈就在身旁，他就可以勇气百倍地重新跟着福尔摩斯去探险了罢。

　　因此，这几个炎热的下午，我都故意找些事在他的身旁走来走去，心里觉得很平安，知道我的小小男孩还需要我的陪伴，我是个幸福的母亲。

　　我以前总认为母亲并不爱我。

　　那是因为，我一直觉得，我是五个孩子里最不值得爱的一个。

　　我没有两个姊姊的聪慧与美丽，没有妹妹的安静柔顺惹人怜爱，又不像弟弟是全家惟一的男孩。我脾气倔强又爱猜疑，实实在在是这家里多余的一个。

　　但是，我又很希望母亲能爱我。

　　从她那里，我多么渴望能听到一句温柔的话，得到一次温柔的爱抚，我多么希望母亲能够把我紧紧抱在怀里，对我说：

"你是我最爱最爱的宝贝。"

然而,母亲一向是个沉默的妇人。从我有记忆开始,我总是跟在外婆的身旁,母亲好像从来也没搂抱过我。她总是怀里抱着妹妹或是弟弟,远远地对我微笑着,我似乎从来也没能靠近过她。

长大了以后,有时候觉得不甘心,也会拐弯抹角地想一些问题来问母亲,想从她那里得到一些证明,证明我也是有优点,也是值得爱的一个。

可是,母亲对我的怪问题总是笑而不答,问急了,她就会轻轻地骂我:

"傻瓜,都是我生的,我怎么会偏心?"

我有时候也会撒娇似的赖在她身边,希望她能回过身来抱我一下,或者亲我一下。可是,无论我怎么缠绕着她、暗示她,甚至嬉皮笑脸地央求她,母亲却从不给我任何热烈一点的回应,她总会说:

"别闹!这么大的人了,也不怕别人看了笑话你!"

我每次都安静地离开她,安静地退回到我自己的角落里去,心中总会有一种熟悉的不安与怨怼,久久不能消逝。

一直到我自己也有了孩子。

孩子刚生下来的那几个月里,和母亲住在一起,学着怎样照料小婴儿。有一天,母亲给我的孩子戴上一顶遮风的软帽,粉红的帽檐上缀着细小的花朵,衬得我孩子的面容更像一朵温香的蔷薇,母亲忽然笑出声音来:

"蓉蓉,快来看,这小家伙和你小时候简直一模一样啊!"

说完了,她就把我的孩子,我那香香软软的小婴儿抱进她怀里,狠狠地亲了好几下。

我那时候就站在房门口,心里像挨了重重的一击,一时之间,又悲又喜。

我那么渴望的东西,我一直在索求却一直没能得到满足的东西,母亲原来在一开始的时候就给了我的啊!

可是,为什么要在这么多年之后,才让我知道,才让我明白呢?

为什么要安排成这样呢?

我收拾书桌或者衣箱的时候,慈儿很喜欢站在旁边看,因为有时候会有些她喜欢的物件跑出来,如果她软声央求,我多半会给她。有时候是一把西班牙的扇子,有时候是一本漂亮的笔记簿,有时候是一串玻璃珠子,她拿到了之后，总会欣喜若狂，如获至宝。

这天，她又来看热闹了，我正在整理那些旧相簿，她拿起一张放大的相片来问我：

"这是谁？"

"这是妈妈呀！是我在欧洲参加跳舞比赛得了第一时的相片啊！"

"乱讲！怎么会是你？你怎么会跳彩带舞？"

相片上的舞者正优雅地挥着两条长长的彩带，站在舞台的正中，化过妆后的面容带着三分羞怯七分的自豪。

"是我啊！那个时候，我刚到比利时没多久，参加鲁汶大学办的国际学生舞蹈比赛，我是主角，另外还有八位女同学和我一起跳，我们……"

话还没说完，窗外有她的同学骑着脚踏车呼啸前来，大声地叫着她的名字，女儿一跃而起，向着窗外大声回答：

"来了！来了！"

然后回身向我摆摆手，就高高兴兴地跑出去了。我走到门口，刚好看到她们这一群女孩子的背影，才不过是中学生而已，却一个个长得又高又大，把车子骑得飞快。

我手中还拿着那一张相片，其实我还有很多话想告诉我的女儿听。我想告诉她，我们怎样认真地一再排练，怎样在演出的时候互相关照，在知道得了第一的时候，男同学怎样兴奋热烈地给我们煮消夜吃，围着我们照相；其实不过是一场小小的校内活动而已，但是因为用的是中国学生的名字，在二十几个国家之中得了第一，就让这一群中国学生紧紧地连接在一起，过了一个非常快乐的夜晚了。

我很想把这些快乐的记忆告诉我的女儿，可是我没有机会。在晚餐桌上，是她兴奋热烈地在说话，她和她的同学之间有那么多有趣和重要的事要说出来，我根本插不进嘴去。

整个晚上，我都只能远远地对她微笑。

台湾的户口名簿可以是一种很温暖，也可以是一种很无情的东西。

每个人的动态，每一次的迁进迁出都仔仔细细地记在上面，既琐碎又冗长。在同一个地方住久了之后，资料太多，还会在原来的本子上贴上一些附页，拿进拿出的时候十分麻烦，我们当年在新北投的户口名簿就是那样的一份。

我现在很怀念那一份，因为那种热闹已经不再回来了。

母亲在几年以前，还常常出国到各地去探看，有时候住在父亲那里，有时住在姊妹的家里，偶尔也会去弟弟的家里住上几个月；要办这些探亲手续的时候，就会写信回来，要我去新北投的户政事务所去申请以前那份全户的户口誊本，每次都会在信末注明：

"要多申请几份，别弄丢了。"

因为我们都已迁出，房子也转卖给了别人，所以，我们这户的资料都已经收起来了，只剩下一个档案号码。我去申请的时候，报上那个号码，户政人员就会找出那个已经变旧变黄的档案，给我影印一份。我才能重新看到我以前的那个家，那些亲爱的名字，还有跟随着那些亲爱的名字回来的，所有几乎要忘记了的温柔记忆。

我想，我也许能明白母亲总要我多申请几份誊本的那种心情了。因为，她现在的那份户口名簿非常干净，非常简单，母亲回国以后就住在我家对面，自成一户，因此户口名簿上只有户长一个人的名字。

整本户口名簿上，只写着我母亲一个人的名字。

在把病情向我详细地分析了之后，医生忽然用一种特别温柔的语气对我说：

"无论如何，你想再要回从前的那个妈妈，是绝对不可能的事了。"

医生年纪大概也有六十开外了，穿得很讲究，有种温文的气质，也有一种老年人特有的智慧和洞察力。他说完这句话以后，有一段极短的停顿，好像知道在这个时候我应该已经开始流泪了。

可是，我不上当，我就是不肯上当，我一滴泪水也没让它显露出来。

我是不会轻易上当的。

在这世间，有些事你可以相信，有些事却是绝对不能相信的。

绝不能流泪，一流泪就表示你相信了他的话，一流泪就表示你也跟着承认事实的无法改变了。

母亲虽然是再度中风，但是，既然上一次那样凶猛的病症都克服了，并且还能重新再站起来，那么，谁敢说这一次就不能复原了呢？

谁敢对我说，我不能再重新得回一个像从前那样坚强和快乐的妈妈了呢？

我冷冷地向医生鞠躬道谢，然后再回到母亲的病床旁边。母亲正处在中风后爱睡的时期，过几天应该就会慢慢好转的。等稍微好了一点之后，就可以开始做复健运动，只要保持信心，应该就不会有什么问题了。父亲和姊妹们都打过长途电话来，说是会尽快回来陪她。我想，这位医生并不太认识我的母亲，并不知道她的坚强和毅力，所以才会对我说出这样一个错误的结论来。

到了夜里，我离开医院一个人开车回家，心里仍然在想着医生白天说的那一句话，忽然之间，有什么从脑子里闪了过去，我整个人因为这突来的意念而惊呆住了。

医生说的，其实并没有错！

从前的那个妈妈，从前的那个妈妈，医生说的其实并没有错！日子一天一天地过去，从前的那个妈妈一天一天地在改变，从来也没能回来过啊！

到底哪一个才是我从前的那个妈妈呢？

是第二次中风以前，在石门乡间，那个左手持杖一步一顿满头白发的老太太呢？还是再早一点，第一次中风以前，和夫婿在欧洲团聚，在友人的圣诞餐会里那个衣衫华贵的妇人呢？还是更早一点，在新北投家门前的草地上，和孩子们站在一起，笑起来仍然娇柔的那个母亲呢？还是更早一点，在南京的照相馆里，怀中抱着刚刚满月的幼儿，在丈夫与子女的环绕之下望着镜头微笑的那个少妇呢？还是更早一点，在重庆乡间的山野里，仓皇地躲避着敌人的空袭，一面还担心着不要惊吓了身边孩子，不要压伤了腹中胎儿的那个女子呢？

还是更早、更早，在一张泛黄的旧相片上，穿着皮领黑呢长大衣，站在北平下过雪的院子里，那个眼睛又黑又亮的少女呢？

还是更早、更早，我只是不经意地听说过的，在内蒙古的大草原上，那个十岁左右，最爱在河床上捡些圆石头回家去玩的小女孩呢？

从前的妈妈，从前的妈妈啊！日子就这样一天一天地过去了，为了我们这五个孩子，从前的那些个妈妈也就一天一天地被遗落在后面，从来也没能回来过啊！

现在的妈妈当然是可以再复原，然而，却也绝对不能再是我从前的那个妈妈了。

"妈妈，妈妈。"

在深夜的高速公路上，我轻轻呼唤着在那些过往的岁月里对我温柔微笑的母亲，我从前那些所有的不能再回来的母亲，不禁一个人失声痛哭了起来。

车子开得飞快，路好黑好暗啊！

红　尘

荒谬的真实

　　早上起来，发现自己站在冰冷的水里，因为还在将醒未醒的时刻，心里不禁起了疑问：

　　"我在哪里？我在什么地方？"

　　水很冷，刚刚从温暖的棉被里暴露出来的双脚特别敏感，有一阵寒战从脚尖一直传到全身，我终于完全清醒了。知道自己正站在床前，而整个卧室正浸满了水，一片汪洋。

　　这是我刚搬进来的新家，在整幢十几层大楼的三楼，外面既没有风也没有雨，可是，卧室里我那么喜欢的浅灰蓝色的地毯却全部泡在水里。

　　丈夫早起来了，正在打电话向大楼的建设公司交涉，要他们派人来看，声音非常愤怒。

　　可是，很奇怪的是：我好像并没有生气，我虽然努力想生起气来，但是，这样荒谬的现实却使我觉得很好笑，一直忍不住想笑。

　　在平日的生活里，我并不是一个非常看得开的妇人，相反的，我常常会在很小的事情上生气。就像这一次搬家，总有很多不尽如我意的地方，甚至连画桌上透明漆的颜色漆得太深也会让我嘀咕个两三天，丈夫看不过去了，说了我几句：

　　"不过是一块木头罢了，深一点浅一点又有什么关系呢？用久了以后还不是都一样？"

　　但是就是不一样啊！原来那样好看的整块长长的桧木板，原来那样柔白的桧木原色，被我几刷子刷下去就变得伧俗不堪，才发现差遣孩子去买的透明漆品质太差，但是后悔已经来不及了。

　　于是每次站在画桌前就要重新怨恨一次，怨恨自己的疏忽，为什么事先没有考虑到这种种可能会发生的差误。

当然，在房子方面发生的一些问题也会影响到我的情绪，原先对这个新家可以说是一见钟情，看了第一眼就忙不迭地要付订金，朋友们要我再多看一些别的房子我都不肯，一心想要这个新家。因此，搬进来以后，每闹一次意外，每出一次差错，心里都会多一层负担，觉得是自己当初决定时的疏忽，情绪就会陷入低潮。

所以，丈夫这天早上对建设公司的愤怒应该有一大部分是为了我，他想我醒来之后一定会受不了。因此，放下电话转身面对着我的时候，他已经准备好了要面对着一个在盛怒之下会对任何见到的人都大发脾气的妇人。

想不到他的妻子却一反常态，穿着睡衣赤脚站在水里，一面忙着收拾浸了水的书，一面却张大了嘴在哈哈地笑着，使他大为惊奇。

我当时也不太能了解自己的心态，也不明白我为什么会和平常的表现不一样。一直要到过了几天之后，才能慢慢理出一个头绪来。

我想，也许是因为整件事情太荒谬了，荒谬到我无能为力的程度，荒谬到我就算生气了也找不到可以真正埋怨的对象，更找不到可以真正解决的办法。因此，我才会发现惟一的武器就是自己也要换一种荒谬的态度来面对这个现实了。

在生活中，有时恐怕真的需要这一种武器的罢，不然的话，要面对那些不断在你身边出现的不可理喻的现实，你又能怎么办呢？

呆滞的境界

高中读的是台北师范艺术科，在那个时候学过弹奏风琴，因为是每个师范生必修的科目。在狭小古旧的琴房里，跟着温和而又有耐心的周老师，少年的我竟然学会了好几首简单的曲子，并且后来一直没有忘记。

一直也很喜欢琴键上那种黑白分明的颜色，遇到别人家里有钢琴的时候，也总喜欢去按一按，手碰到冰滑的琴键时，就会很自然地弹出少年时学会的调子来，觉得很快乐。

慈儿三岁左右时，她的阿姨回国来教书，买了一架大钢琴，每次去阿姨家，她就会爬上去叮叮咚咚地玩个半天。有一天下午，我坐到琴前给她弹了一首斯温尼河，我的孩子对我简直是"惊为天人"，整个下午她就一直缠着我，要我一遍又一遍地弹那首歌给她听。小小的孩子也只有到钢琴琴面的身高，两只黑亮的眼睛紧跟着我的双手移动，我想，在她小小的心里，一定惊讶赞叹她的母亲能有这样神妙的十只手指，能一遍又一遍地创造出一种奇迹来罢。

当然，后来也开始让慈儿学琴，并且在她四岁多的时候也给她买了一架钢琴。从每天弹十五分钟到一个钟头甚至两个钟头，从柔软的小手和坐在椅子上小脚就会悬空的小小女孩，到宽厚有力的手掌和高兴起来就弹个没完的国中女生，这中间，十年已经过去了。

十年过去了，这个春天我们搬离了石门乡间的居所，很多东西都带不走，旧钢琴也送给了一个小朋友，答应到台北以后会给女儿再换一架新的。

新钢琴送来的那个早上，孩子都上学去了，家里只有我一个人，打开崭新的琴盖，对着那一排黑白分明冰冷柔滑的琴键，有一些很奇怪的感觉从一些很奇怪的角落里朝我缓缓涌来，我忽然呆住了。

我的双手摆在琴键上，可是我却弹不下去了。这是我女儿的琴，她已经可以在上面弹巴哈、弹贝多芬了，而我呢？我依旧只能弹一些老黑乔和斯温尼河而已，我依旧只知道这么多，只会这么多而已。

十年过去了。十年以前那个微笑着假装有点厌烦，但是其实心里却很欢喜，一遍又一遍弹奏着斯温尼河的母亲并没有改变，她今天仍然还可以坐下来为她的小宝贝弹出同样的那一首歌，但是，奇迹已经消失了。就算是我的女儿会很宽容地对待我，我自己却不能不感到羞惭起来，十年之间，我因为自己的不变而有了太大的改变。当然，在别的方面我也许还有些什么成就可以让女儿继续崇拜我，但是，无论如何，在钢琴的前面，曾经那样令她惊讶赞叹的神妙奇迹已经完全消失了，十年之后的今天，她只剩下一个笨拙的母亲，只会在琴键上反复弹奏出一些老旧而又简单的声音。

我忽然觉得很害怕，不过只是十年而已，怎么就会有这样大的不同呢？而且，这些还都是能够看到、听到和察觉到的改变，那么，在生命里，在有些呆滞不变的境界里，是不是还有一些我甚至根本没有办法去发现、根本没有办法去察觉的不同呢？

在生命里，是不是还有一些原来很美好的事物，也会因为我的不知不觉与不变，而终于离我越来越远了呢？

分　　享

　　对写信来邀我去演讲或者要我回信的读者,我都觉得很对不起,因为我很少让他们满意过。

　　可是,我一直有种疑惑,我必须要让他们满意吗?

　　不管我作品艺术价值的高低,也不管我表现技巧的优劣,因为这些都是我自己不能加以判断的。但是,在工作的态度上,这么多年来,我觉得我还勉强可以算是一个认真和努力的人。

　　因此,如果我很认真地去写了,很努力地去画了,我还必须要再去演讲和回信吗?

　　我想,大家所喜欢的一定是那个在文字里和在画里的我罢,那么,为什么还要把我呼唤出来呢?为什么不能让我继续过着原来的日子?

　　一个人在一天的时间里,能做的事情实在很有限,而在一生的时间里,又何尝不是这样?

　　在这短短一生有限的时间里,请让我们各自在各自的角落里认真地工作罢。让我们在书里、画里和各种不同形式的艺术品里相见,彼此互相分享着对这红尘里种种悲欢的诠释,彼此互相分享着一种了解、一种爱护和一种体谅好吗?好吗?

生命的面貌

　　晚饭之后,和丈夫一起下楼去买水果,才发现天气真的转暖了,几乎所有迎面而来的行人都面带微笑,穿着轻软的衣服,懒洋洋地走在春天的街道上。

　　住家附近的大圆环边上,有一家时装店正在做换季的广告,好几架电视对着街道同时播映着一卷热门音乐录影带。大玻璃橱窗前,聚集着二三十个行人在欣赏,有站在人行道上的,也有坐在街边的铁椅子上的,那种闲散的气氛对我形成了一种诱惑。

　　丈夫和我牵着手也凑了过去,录影带上一个金发的女歌者正摇摆着唱歌,唱的竟然是法文的香颂。

"啊！是她啊！"

丈夫首先惊呼，是那个女歌手——西维儿·瓦当。我们在欧洲读书的时候她刚刚开始唱歌，比起当时别的歌手来，她显得瘦削与稚嫩，一头鬈曲的金发，一副娇柔的表情，唱一些轻轻软软没有什么特色的歌。在杂志的访问上总是说一些很莫名其妙的话，或者谈她的美容方法，或者给记者看她鞋柜里收藏的两百多双皮鞋等等；当时的我并不喜欢她，总觉得她只是个没有特色的漂亮娃娃而已。

十几二十年过去了，想不到她还继续站在舞台上。在这一卷录影带里，现在的西维儿有好多地方都不一样了，自信和饱满的面容，坚实的手臂，没有波纹的直发很自然地披在耳后，仍然是金色的。而她的声音却多了几分醇厚的质感，更多了好几分的苍凉。

录影带继续播放着，是现场节目，西维儿在听众热烈的喝彩里重新拿起麦克风，唱一首新歌：

> 有过那样的一个晚上
> 有过那样的一个人……

微带磁音的声浪在温暖的夜空里缓缓散播着，街灯下起了一层昏黄的雾气，我退到灯光照不到的角落，刹那间泪落如雨。

但是我心里很清楚地知道，我流泪并不是因为悲伤。相反的，心里好像有一种满满的力量在互相撞击着，我几乎要欢呼起来，几乎想告诉走在我身边，站在我身边每一个并不相识的行人：

"我懂了！我知道了！就是这样！就是这个意思啊！"

生命的面貌原来就是这样。人与人之间原来可以互不相识也可以在某一种遇合里忽然间深深地了解。对于西维儿来说，她永远不会知道我，永远不曾认识我，对于她来说，所有的不曾露面的听众只是一个抽象的整体，一种静默而又庞大的存在，她不可能分身去认得台下的每一个人。但是，只要她是站在舞台上，只要她拿起麦克风来，只要她一开始演唱，她就是为那整个静默而又庞大的群体在唱歌，为了所有的，也为了那独一的。

十几二十年的舞台生涯，为了要达到一个理想的水准，一定曾经有过些非常艰难的白日和黑夜罢。西维儿不必多作任何其他的解释和表白，从她的歌声里都已经告诉我了。而我对她的喝彩相信她也会知道，因为，当她在每一场认真和努力的演出之后，当她每一次俯首谢幕的时候，所有台下听众的喝彩里也将会有我的掌声。

生命里充满了无数看似巧合的相知和相遇，艺术品能给人的慰藉也在其中。这种相遇相知的感觉会产生一种迂回反复的影响，像波光一样在人海里逐渐而缓慢地散播出去。

我想，我的落泪是因为感动于一个生命的努力毕竟不会落空。在浩瀚的人海里，在纷乱的红尘中，没有一个绝对孤独的个体，纵然一生也许都不能相识，但是每一个生命都是互相牵连、互相依傍、也互相影响着的。

丈夫过来牵起我的手离开，我们两人慢慢地走到街对面的水果摊前，远远地还听到身后西维儿苍凉而又充满了渴望的声音：

> 有过那样的一个晚上
> 有过那样的一个人……

街上的灯火好亮，我抬头望过去，好像有一层浑浊的光晕在夜空里浮沉，在温暖的春夜里，这拥挤嘈杂而又荒谬的红尘竟然也有着一份独特的美丽。

如果你能知道
曾经有过怎样的一个晚上
如果你能记起
曾经有过怎样的一个人……

美好的插图

我回身向他们望过去的时候,觉得好像曾经在哪一本书里见过这样的插图。

就是那种厚厚的书里用石版或者是铜版印刷出来的彩色插图。

淡灰色的雾从山路两旁掩拥过来,已经是山顶了,所以没什么树木,只铺着满山的细草,草丛里盛开着粉紫色的花簇,整条山路上都是飞舞着的蝴蝶,黑白黄三色交织成的彩翅上下翻飞。

山路上,我的女儿穿着浅蓝色的衣裳在雾里追逐着蝶群,笑靥如玫瑰。刚开始长高的儿子蹑手蹑脚想捕捉在草叶间休息的蝴蝶,蝶儿却警醒得很,一展翅就高飞起来了。孩子们的父亲站在路中间,穿着米白色的长袖衬衫,两只手插在裤子口袋里,微笑地看着他们。

而我也正微笑回身刚好看到了这一切。

在注视着他们的同时,仿佛另外有一个我,在更远更远的地方注视着这一幅图画。

是啊!所有生命里的好时光都像是书里的插画,再怎样赞叹也还是要翻过去的。

孩子们有没有感觉到?

在他们奔跑跳跃的时候,有没有留意一下这周遭的光影,这湿润的雾气,这初夏山顶上的细草与繁花?

有没有留意一下,父母眼神中那特别温柔的光彩,和他们微笑里的满足与爱怜?

孩子们有没有感觉到?

有没有感觉到这是在成长路上一个特别的时刻,适合记忆,适合在多少年之后再重新想起。

多少年之后,也许是旧地重临,也许只是置身在一个有几分相似的山顶,也许只是一种草木的颜色,也许只是一阵轻雾,也许只是突然相遇的翻飞着的蝶群，也许只是，一种似有若无的淡淡花香。

多少年之后，需要的只是一些似有若无的淡淡的提醒。

于是一切重新前来，所有的细节一一呈现，雾里的山路，花叶间的彩翅，姐姐或者弟弟的笑声，还有父母回身微笑的注视。

而只有在那个时候，我的孩子们才会发现成长路上原来也曾经有过一些美好的时刻，要到那个时候，才会真正明白他们父母当年的心情了罢。

去年夏天，去香港演讲。有天夜里朋友们带我坐缆车上太平山顶，从山上往下看灯光璀璨的香港，和我儿时住过五年的印象当然大大的不一样了，可是，在一条山路的转角，有一种熟悉的气味进入了我的记忆。

那个转角的山壁上面有几株枝叶苍郁的大树，所以平日没有什么阳光，因此长满了苔藓地衣一类的植物，还有铁线蕨和野牡丹，还有一些细细的流水。那种气味就是流水流过潮湿的苔藓时的特殊气味，是我儿时的一部分。

是属于我的几乎已经遗忘了的一部分。

但是在那一瞬间，在山下灯华绽放，朋友们的笑语声中，我童年在山路上和父亲手牵手漫步的经验全部立即出现，纤毫无改。父亲大手的温暖与安全，我小小心里的依恋与快慰，路旁荫影里的野牡丹，还有那湿润角落里的藓苔和泥土的气味。

父亲牵着我的手慢慢走着，不说什么话，只是偶尔低头对我笑一笑，那笑容里有一种很奇怪的东西。

而在多少年后，在我重新想起的时候，我才忽然明白那个年代的生活是怎样的艰难！年轻的父亲把所有的忧急都藏在心里，因此低头回答幼小孩子的问话时，也就只能露出那一种笑容了。

在战乱的年代，在离家千万里的异乡，在无所适从的路途上，我年轻的父母是靠着怎样的勇气支撑过来的？

他们是怎样支撑过来的？

那一夜，朋友笑着回头来问我：

"怎么样？没见过这么好看的风景罢？"

我笑着点头承认，他又说：

"这样一片灯海可是一盏一盏点起来的啊！"

我喜欢这个朋友，高大魁伟的北方男儿，娶了香港最秀气的女子，把所有的心力都放在香港的人群里,他们夫妻也是灯海里一盏明亮的光辉。

我静静注视着,那个多年前的幼小孩童也静静地站在路口。山下一盏一盏灯里必然会有着我童年的友伴罢?也必然会有着他们的父母,曾经年轻过而终于老去的父母,从那离乱困苦的岁月里,要靠着怎样的勇气才能支撑着点亮着那一盏又一盏的灯?

岁月似乎是丰盈富足的了,又似乎仍然在阴影中游移,当年稚弱的孩童已经都是另外一些孩童的父母了,而在成长路上,真正美丽和平安的时刻实在并不多见啊!

我忽然渴望和远在德国的父亲说几句话,渴望能向他形容我心中层层的波澜,在去年夏天那一个晚上,站在太平山顶,才终于明白了我父母当年的心情。

在成长路上,原是荆棘处处的,因为父母,才使得我能够顺利地走过,才能有此刻这一种回身向我自己孩子微笑的幸福。

而我的孩子们呢?他们会在什么时刻里忽然开始明白?

蝶群在雾中轻轻翻飞,孩子跑过来向我要求:

"再玩一下好吗?"

我笑着答应了他们,丈夫向我走近,我们两人并肩携手站在微凉的山路上。

我多希望孩子们在许多许多年之后,能够重新把这样的日子想起。

想起在他们自己的成长路上,父母曾经欢欢喜喜地陪他们走过一段。

我多希望,在他们翻阅生命那本厚书的时候,能够多有几页美好的彩色插图。

空 白

前年春天的一个晚上,我含着眼泪站在荣总楼下急诊住院的柜台前,等着替母亲办入院的手续。

其实时间早就过了午夜了,很少带表的我不知道到底是几点。从石门乡下叫了救护车直奔台北,家里两个熟睡中的孩子只好拜托邻居照看。本来我只想和母亲的护士两个人送母亲来台北的,但是丈夫执意不肯,一定要陪着我们一起来,也幸好他来了,不然我更要慌乱失措,不知道该要怎样奔走才行。

终于,一切的混乱都过去了,他们在楼上病房里陪着母亲,我一个人挨到住院的窗口办手续。在我前面已经排着一个人,背对着我,正在填表,里面的职员用很大的声音在教他应该怎样填写。

好像填表人本身就是那个需要住院的病人,窗内的那个职员用手指着一栏说:

"在这里填你的子女的名字。"

"我没有子女。"

"那么,就填你家里亲属的名字。"

"我没有亲属。"

回答的声音清楚而又平静,却让我整个人起了一阵寒战,午夜后的医院空落落的,窗内的职员是个疲倦的中年男子,也有了半秒钟的停顿,然后才用职业性的礼貌继续说下去:

"那么,就填你朋友的名字好了。就是说,有事的时候可以通知的朋友,写一个名字和地址就好了。"

职员的声音比刚才的轻了一点,感觉上也好像温柔了一点。

那人低头开始填写,我站在他后面只看见他花白的发丝。一双布满了青筋的大手在纸上缓慢地移动着,试着写出他朋友的名姓,一个万一有什么事的时候也许可以承认与他有点关连的名字。

在他身后，我静静地让泪水流了下来，但已经不再是为了我病苦的母亲了。

晓风说的：

"我总是尽量从成年人的言谈里去捕捉他幼小时期的形象，原来那样垂老无趣口涎垂胸的人竟也一度曾经是为人爱宠为人疼惜的幼小者。

"如果我曾经爱过一些人，我也总是竭力去想象去拼凑那人的幼年，或是烧红半天的北方战火、或在江南三月的桃红、或在台湾南部小小的客家聚落、或在云南荒山的仄逼小径，我看见那人开章明义的含苞期。

"是的，如果凡人如我也算是爱过众生中的一些成年人，那是因为那人曾经幼小，曾经是某一个慈怀中生死难舍的命根。"

而我呢？每次看见一个孤独的老人走过我身边，我就会想到，他也是曾经年轻过，曾经深深地爱过的人。

他是在什么样的情况之下失去那一切的呢？

他们的心里有很多景象会重复出现，然后，慢慢地逐渐固定到一点。

固定到分离的时候，曾经呈现出来的细节里最最重要的那一点：

"我们东北那地方冬天是可以冻死人的，可是到了春天，苹果花开了满树，我们家那一带都是好果园，那些老苹果树开花的时候可真是好看哪！"

然后就是那仓促的别离了罢？

每次话说到这里就停了下来，苍老的面孔转向窗外，好像在外面那狭窄的院落里真的长着许多株大果树，开着满满的满满的雪白的花朵。

能够白头偕老该是几世修来的福分？

离开家的时候女儿才两岁多，她母亲的肚子里正怀着第二胎，也就只能这样说走就走了。

家里原来世代都是种茶的，温暖的山坡上总是有种淡淡的香气，刚到这岛上，梦里也能闻到那香气，总会哭着醒了过来。

那种寂寞实在难熬，许多个一起出来的伙伴都另外成了家，只有他始终不娶。

刚来那几年,消息偶尔会传到家乡去,朋友好意辗转给他带来一封家书,说是她在信里写了些劝他再娶的话。

那封信他收下了,三十多年来都放在家里,始终不肯拆开。

医院要改建,所以暂时做了一条空中走廊,连接几幢主要的建筑。

这两三年来,母亲进出过医院几次,去探望母亲的时候常会走过这一条狭长平滑的走廊,从一边的窗望下去是热热闹闹的工地,另外一边却是一片绿树,绿树中有池水,池中有睡莲,池畔总有三三两两的病人在晒太阳。

那天下午从走廊的窗口望下去的时候,我初时的印象是觉得那两位老先生长得非常相像,同样的瘦小,同样的剪得极平整的发型,同样的已经疏落了的短短白发,两个人都穿着医院里病人穿的深蓝色晨袍,在阳光里一前一后慢慢踱步。

在走廊上的我步子却走得很急,急着去办事,急着赶回家,孩子快放学了,最好能在他们到家之前赶到,省得有那一个又会委屈得把小嘴巴嘟上个老半天。

其实我自己心里也有许多说不出来的委屈。这几年来在学校、医院和住家之间来回奔跑,常常恨不得能多出个三头六臂来。似乎没有一样事能顾得周全,总是一方面觉得对不起别人,一方面又觉得别人对不起我,有时候逼急了,真想飞走,飞到一个没有任何人与我有关联的地方,好好地去过我自己想要过的日子。

等到我把该办的事都办完,下了楼走到医院门前的停车场时,那两位老先生也正好走了过来,仍然是一前一后慢慢蹓跶着,在每一辆车前都停一停,很感兴趣地东看西看,脸上带着安静的笑容。

有辆车子停错了地方,被开了罚单,老先生中的一位还把那张黄单子拿了起来,仔细研究上面的条文,另外一位就站在他身旁眯着眼睛微笑地看着,等待着。

这样长的一天,这样长的一生,要怎样才能心平气和地度过去?

要在三十多年里不断忍受着折磨与挫伤,不断谦卑地退让着,才终于能够得到一块小小的安静平和的天地罢?

我打开车门放东西的声音惊动了他们,两个人一起向我望了过来,我向他们笑着点了个头，两位老先生马上高兴地回礼，车子发动以后，他们站在路边不约而同地向我挥手示意。

当年他们曾经向怎样的一个女子挥手作别？在雪白的苹果花下，或者在浮动着清香的山坡上，他们挥手的时候有没有想到这样一挥手就是三十多年的空白？

温热的阳光里，车窗外是那喧哗纷乱的人世。我打了一个寒战，然后加速急驰，渴望能赶快回到我自己的家，回到那每一分每一秒都塞得满满的世界里去。

悲欢之歌

其实，我也是一个爱唱歌的人。

可是，因着命运的安排，我却始终享受不到那种可以随时引吭高歌、尽情欢唱的美妙乐趣。

说来也很无奈，回顾我这半生，从小到大，一直到进了中年的此刻，我就从来也没能够在自己的家里唱完一首歌。

真的是造化弄人，它先给了我一个大家都爱听她唱歌的女孩来做我的姐姐，然后又去找了一个唱歌从不走调并且也绝不准别人走调的男子来做我的丈夫，最后再送给我一个精彩的礼物——一个从小就对音符很敏感，现在正准备要投考音乐学系的女儿。

和这样的三个人纠缠在一起，我可真是陷入了重围，在唱歌的长路上荆棘遍布，怎样挣扎也走不出来啊！

从小就是如此，我们席家一直有个不成文的规定——在姐姐唱歌的时候，我就不可以唱。不然就是捣乱、就是不听话。

想想也实在不能服气，为什么一个家里不可以同时有两个人在唱歌？而且为什么每次该退让、该噤声的那个人都是我？

好不容易等到她不唱了，家里没有声音了，我还是不可以唱。因为只要我一开始唱我的第一句，马上就会有人出来干涉：

"拜托！让我们静一静好吗？"

可是，为什么在姐姐唱着的时候，就没有任何人觉得吵了呢？

难道就是因为她在家里排行第一，所以对于一切美好的事物她都享有绝对优先的权利？

事实上好像也确是如此。

从我有记忆开始，姐姐就好像什么都会，也什么都表现得特别好。

功课总是在别人的前面。任何大大小小的考试,从来没有落在三名之外。

童年时在香港的家里,客厅墙上挂满的都是她画的粉彩和素描。我记得其中有一张是香港的街景,曾经被老师选去参加校际的比赛。姐姐用的好像是5B或6B的铅笔,画的角度有些特别,好像专注在表现那些古老的骑楼和拥挤的电线杆。深而强烈的笔触刻画出一种很结实的质感和气氛,让我幼小的心里第一次起了种莫名的波动,仿佛有些什么东西开始慢慢苏醒。

在客厅另一面的墙上,姐姐把我们五个人的像都画在一张粉彩画里。在每个人的画像旁边,又附加了一些东西来说明我们的志趣。我记得姐姐给她自己画的是一个调色板、几支画笔,当然还有一串音符,她说她将来是要去做个画家和演唱家的。而在我的画像旁边,姐姐给我画了两支针筒,还有一个小小的缀着红十字的药箱,我问她这是什么意思?她说:

"你的脾气比较好,我想你将来可以去做护士。"

我记得当时的我心里暖烘烘的,颇有点受宠若惊。

许多年过去了,再和姐姐提起这件事的时候,姐姐已经不记得那张画,当然更不记得她曾经为我的将来所说的那句预言了。

可是,她依旧记得那段曾经狂热地画过的岁月,她轻轻问我,也仿佛自问:

"可是后来为什么没有再继续画下去了呢?"

时光疾如飞矢,我们从来无法回首细细检视,我们只能大概地推想——也许是因为想要唱歌的那种渴望更加炽烈,也许是因为要实现做一个演唱者的梦想必须无限地付出和加倍的努力,所以,那个女孩子终于不得不逐渐远离了她的粉彩和素描。

也许就是在那个时候,有另外一个女孩子拾起了她姐姐的5B或者6B的铅笔,开始慢慢地涂抹起来。

在所有美好的事物之前,姐姐一直都是我的最亲近的启蒙者。

有许多首好听的歌都是她教我唱的,有许多本好看的书都是她和二姐借给我看的。在香港的那几年,甚至后来到台湾的日子里,我们姐妹几个都是躲在被窝里偷啃小说的高手,厚厚的一本又一本的翻译小说都是在那些个不眠的深夜里看完的。

我们姐妹年龄相差都很近,在成长过程里的一些心结,有一部分竟然也是她来帮我解开的。

甚至等到我在台湾读完大学之后,去欧洲读书申请学校和奖学金种种手续,也都是她在德国替我奔走交涉才办好的。而我依旧心不在焉地在旅途上几乎丢了护照,惊险的事情层出不穷,到了最后终于平安抵达马赛,连夜坐火车到慕尼黑去找姐姐,车刚到月台就看到她了,远远地在一列车窗前寻找我,等到姐妹两个终于面对面的时候,我的喉咙发紧,而她的眼里已经漾起了泪光。

难道就是因为她在家里排行第一,所以就必得要这样一步一步地牵着我的手带领着我往前走吗?

前几天,姐姐到我们家来吃晚饭,在饭桌上,慈儿问起了凯儿的考试成绩。高三的女儿很关心初二的弟弟,听他一项一项地报着分数,有一科大概考坏了,只有七十多分,女儿不太高兴,问她弟弟:

"为什么考这么差?"

凯儿懒懒地回答她:

"可是这一科我完全没有准备,能考这样我已经觉得很不错了。"

慈儿气得声音也提高了:

"你就不会先去准备一下,多考几分不是更好吗?"

一直在旁边静听的我的姐姐忽然间大笑起来,她说:

"我的天!怎么这么像!你们两个人说的话,怎么和我从前跟你们妈妈之间的对话一模一样?我当年就是这样说你们妈妈的。"

我的丈夫也笑了起来,他说:

"岂止是当年,你们现在还是常常这样对话的呀!"

姐姐一直是我的好榜样,也因此,在有些层面上,我不禁会感受到一种压力。

甚至到了进入中年之后,在她的面前,我仍然禁不住会有点心虚,总要想办法来掩饰或者甚至粉饰我的疏懒与失误。

我总觉得她是一个强者，而对于她的许多期望，尤其是加在我身上的期望，我都想逃避。

一直要等到两年以前的一个晚上。

那天晚上，弟弟来接替我们，在妈妈的灵前守夜。我们姊妹四个一起走出了景行厅，夜已经很深了，殡仪馆前偌大的广场在深夜里显得更加空旷。

走了几步，姐姐忽然停住了，哽咽着向我们说：

"我们现在都是没有妈妈的孩子了。"然后就双手掩面，失声痛哭了起来。

在她身边的二姐赶快伸出双臂来环拥着她，妹妹也一面哭着一面用手在姐姐身上轻轻拍抚。我回过头来看着她们，空旷的广场上没有月光，只有一片灰蒙蒙的雾气，她们的身影模糊而又黯淡，黑色的衣裙在肃杀的夜风里翻飞，我心里一阵刺痛，泪如泉涌。

泪水当然是为了母亲，但是，心里的疼痛却是为了我的姐姐，在那一刻，我的姐姐竟然是那样小、那样弱、那样迫切地需要我们的慰藉。

生命是一首悲欢交集的歌。

我们都是那个唱歌的人。

而我的姐姐，不管是在台上还是在台下，都非常认真地唱着她的歌。

一年多前，她在台湾发表了第一篇作品《卡奈基音乐厅门外的疯汉》。我不得不说，这篇文字给了我很大的感动，当然故事的内容本来就很感人，但是姐姐那种非常特殊、简洁而又诚挚的文笔，也给这故事添加进了一种更强的力量。

这篇文字发表之后马上就有了反应，有读者来信，也有杂志转载。姐姐终于相信了我常常叫她应该把她告诉过我的话写成文章的这个建议，她终于相信了这并不是我的片面之词，在近两年的时间里，陆续地写出了许多篇好文章。

我觉得，她这些文章好像就是爱乐者与音乐之间的一座桥，通过这座桥，她带我们到了一个我们以前不容易省察到的音乐世界里，许多作者的经验好像都能感同身受，并且用一种以前很少呈现过的角度与深度，非常鲜活地摆在我们眼前。

这是因为她实在走过了很远的路，去过许多我们从来没有去过的地方，有过非常丰富的演唱经历。最重要的是，在她重新回过头来向我们描述的时候，一切都是透过一颗敏锐而又宽容的心灵呈现出来的。所以，我们好像可以跟着她直接走上舞台，感觉到一个歌者在台上那种像火一般燃烧着的心情，又好像可以跟着她走下舞台，感觉到在听众群里那种如痴如醉狂呼着一声又一声"安可"时的热度。她有时会把歌者在后台最软弱不安的一面都拿出来放在我们的眼前，有时候又会把含在音乐里一时说不明白、却又能感知到的那最温暖最光亮的像火种一样的东西轻轻放进我们的心中。

自从慈儿下决心要投考音乐系之后，我的姐姐就不断地要教我的女儿唱歌。但是女儿学校的功课实在太多，总是挪不出时间来拜她的阿姨为师，一延再延之际，姐姐为此一直不能释怀。

在这段时间里，我却在歌唱的长路上逐渐有了新的发展，我发现，只要我离开了这个家，和朋友们无论是到山里或者到海边，我都可以随时引吭高歌，不受阻扰。并且有一次，真的有一次，还有朋友们要求过我再唱一遍。生命里第一次有听众向我说"安可"，那滋味真是甜美得无法形容。

更有甚者，竟然有朋友听说了我很爱唱歌之后，前来安排我去电台录音。

知道了这个消息的时候，我兴奋极了，赶快来告诉我的丈夫，心想也许他从此就可以改变对我的观感了罢？

想不到一向对我百般纵容的丈夫，在这一点上依旧坚持，不肯放行。并且，他还说出了一句他从来没有对我说过的话，他说：

"你要是敢去电台唱歌，我就杀了你。"

那个时候我的姐姐刚好也在旁边，不禁笑了起来。不知道她是不是真的对我丈夫的话不以为然，还是只是为了要安慰我，她也忽然说出了一句她从来没有对我说过的话，她说：

"其实你的声音本质还不错，只是缺乏训练罢了，声音其实还满甜的。"

在那一刻里，我心里忽然觉得暖烘烘的，真是受宠若惊。

生命真的是一首悲欢交集的歌啊！

模糊的愿望

二十多年前,在台湾,从外国回来工作的留学生非常少,大概每个人都是亲友眼中的"怪物"罢。

海北和我,虽然有父母支持,刚回来的那几年,还是听了不少的冷言冷语。

也难怪别人生气。说实在的,我们两人在欧洲读书的过程都还算顺利,也有工作的机会,这些都是许多人求之不得的际遇,真是想不通我们为什么偏偏要反其道而行,非要回台湾来教书不可呢?

我们也提不出什么像样的理由来:也许只是想要在和自己相像的族群里,得到一份安定的工作,从此可以过一种安定的日子罢。对未来也不过只是怀着这样模糊的愿望而已。

这理由太软弱,这愿望也太没出息,所以,我们因此得了一句评语:

"真是扶不起的阿斗!"

回到台湾以后,这两个"阿斗"的表现更让人失望,放着台北比较热闹的环境不去求发展,一头又栽到偏远的中坜和新竹去了。到了后来,更把家搬到桃园龙潭的乡下,地址写出来常有人看不懂,没街没巷的,难道是住在水田中央吗?

是的,我们这个家原来真的就是田中央的池塘,把池水放干了之后,就成了一个小小社区的理想建地,接上不远处长满相思树的山坡,周围还是有大片的水田。在式样简单的平房一排排盖起来之后,还是常有旧日的居民前来拜访。那客气地停在门外的是绿绣眼、白头翁和乌秋,那老实不客气地进了门里的有青蛙、田鼠和龟壳花。

绿绣眼和白头翁的访问总是让人欢喜,尤其是前者,鸣声清丽,在夏日的窗前轻轻呼唤,令人屏息,仿佛是在呼唤着我们心里那最细致而又甜蜜的记忆。

山坡上有几只乌秋，其中一只好像与人有仇。每次经过，它总是从电线杆上俯冲而下，再从我们的头上低飞掠过，那翅膀扑动的声音，似乎就在耳边，让我每次都要吓得尖叫起来，这时候它却已经冷冷地站回电线杆上去了，大概对它来说，我们这些居民都是些可恶的侵入者罢。

长满了相思树的山坡，没过几年也被改变成另外一个"理想"社区。几乎是在一夜之间，相思树全部消失，新的白墙红瓦的二层楼房一幢幢盖了起来。在电线杆上依旧还会飞来几只乌秋，却离人越来越远，看不出它们的表情。有时偶尔和朋友说起那一只乌秋来，听的人半信半疑，自己说着说着也觉得有点心虚了。当然更不好向人描述，那田鼠妈妈如何用尾巴带着三个孩子横过我家客厅，以及没有戴起近视眼镜来的我，如何在椅子底下看到一张巧克力的包装纸，在低头伸手要捡起来的时候，才发现那是一尾盘起来的小龟壳花这些近似神话有惊无险的经验了。

还有那在夜里芳香四溢的栀子花，那月光下田间曲折的阡陌，那乡间独有的静寂与安宁，那邻人之中的亲近与关切，那与土地如此接近的踏实之感，是怎样也不能清清楚楚地说出来的啊！

我们在这个家住了十年，是整整十年的快乐时光！刚搬来的时候，慈儿还不到四岁，凯儿还在我腹中，离开的时候，姐姐已经是国中生，弟弟也读到小学中年级了。这两个孩子虽然跟随着成长的过程，对他们的双亲越来越不满意，但是只要一提到石门乡居的那十年，却异口同声地说要感谢父母，给了他们一段快乐的童年。他们并且说：

"将来我有了孩子，也要让他们在乡下过童年！"

其实，即使在搬离了石门之后，这七八年来，每到寒暑假，孩子们也总是会回到旧居去过几天。旧居如今的主人是把他们带大的好邻居蒋妈妈，会给他们煮好吃的米粉汤，睡在儿时睡过的床上，窗外依然是那几棵槭树，树梢依然会有娇声鸣叫的绿绣眼，而最让人欣慰的是，社区里的邻居依然还是童年的玩伴，真是从蹒跚学步之时就开始结交的朋友啊！

有一年夏天，我开车送他们回去。一进巷口，孩子们就迫不及待地下了车，近的朋友直接去敲他们的门，远的就用电话通知。只不过一会儿工夫，这群年轻人就骑着脚踏车前来会合，然后兴高采烈地出发了，一个个都长得又高又大，却又好像并没有什么改变。

注视着他们的背影，我忽然发现，原来这就是二十多年前藏在我心里的那种模糊的愿望——驱策着我回到台湾来的愿望，如今清清楚楚地呈现在眼前。

原来，我只是希望我的孩子能够在和自己相像的族群里生活与成长，实现我们这一代在漂泊的童年与少年时光里，从来也不能实现的梦想。

自由的灵魂

"一九五九年,我是个初三的学生,远离家乡在台中一中读书。暑假到了,我留在学校补习数学,拖到八月十五日才能回家。八月十五日正是故乡特富野社举行一年一度凯旋祭的日子,我恨不得插翅高飞。

"前一天晚上我根本合不下眼。凌晨两点,没洗脸就冲到火车站,搭乘南下的普通车。天亮时抵嘉义,九点坐上开往阿里山的森林小火车。以为就要到家,偏偏暴风雨冲坏了一个山洞,火车被困六个多小时。黄昏时节,十字路车站终于在望。下车后还得走上六公里的山路,火车未停好,我就心急地跳下车。我急步走出车站。未出百步,却不得不停脚。

"凯旋祭的歌声响彻山野,群山为之动摇,岚烟晚霞为之舞蹈,好像在呼唤我这远道归来的游子。我拔腿飞跑,直奔祭典会场,扔下行李,加入歌舞行列,和乡亲高歌狂舞三天三夜。唱完最后《送神曲》,才回家大睡。

"这是我有生以来第一次体验到凯旋祭与我不可分割的血缘,以及这项歌舞的祭典伟大的生命力。"

多年之后,邹族的高英辉先生在《凯旋祭与我》这篇文章里,向我们追溯他生命中最珍贵的一段记忆。

我与高先生并不相识。但是,今天晚上,在黑暗的高速公路上往南奔驰,聆听着录音带里的邹族之歌,我仿佛也能体会出三十多年以前那个少年的惊喜与感动。

是怎样美丽而又庄严的呼唤!

一年一次,邹族人应着天神的启示,以歌声践约,与天地对话。而这个邹族少年身处于传统之中却并不自觉,一直要到这一天,当他长途跋涉终于回到了家乡的这一刻,突然间歌声响彻山野,突然间,少年才真正感觉到了血脉之中那永远不可分割的一切。

那样美丽庄严的发自肺腑的呼唤,仿佛起自整个山林。从郁郁苍苍烟云流动的最深处,从繁花遍野山鸟争鸣的坡道上,几百年传承下来的歌声有如天籁,就是天籁。一年又一年地,用她那强烈的生命力提升了每一个邹族人的生命,用她那自由的灵魂抚慰了每一个邹族人的灵魂。

原来,这一个族群文化的传承竟然可以用这样美的方式来进行!

车子在黑暗的路上往前奔驰,我想起了林怀民把录音带给我时的嘱咐,把音量调到最大,那歌声果然更有感染力,仿佛也开始要渗到我的血脉之中了。

但是,在这个感觉的同时,我心里其实也很明白,无论我怎样感动和怎样想要去了解,到了最后所能领会的,也不过只是极小和极少的一部分而已。

因为,邹族的歌只有邹族的人才能完全领会完全感受。

因为,这样美丽而又庄严的呼唤,这样美丽而又庄严的祭典,只有从小生长在阿里山上的邹族传人,才能够体会得出那蕴含在歌声里的坚持与信仰、悲欢与沧桑。

因为,只有他们,才能明白,在这个族群的生命里,曾经经历过多么严苛的考验,曾经遭逢过多么粗暴的对待。

六十年代的时候,也就是少年的高英辉先生刚刚才体验到凯旋祭对邹族子民的重要性之后,外来的干预竟然以"破除迷信"为理由,终止了邹族的凯旋祭。特富野社男子会所旁边的百年神树甚至被人连根铲去,几百年来的传统忽然断绝,高英辉先生说:

"我心中充满了汉文化所说的'断了香火'的痛楚。"

汉文化是一种让她周围的其他民族始终不能了解的文化!

其实,民族与民族、文化与文化之间,所需要的,不过仅仅只是一种彼此的敬重而已。但是,这样简单的心态与行为,为什么汉族周围的其他民族却始终无法求诸于汉族的本体,始终得不到平等的对待?

难道关键真的就在于"多数"与"少数"的差别?

难道"多数"的族群真的相信"多数"就是惟一与全部?

是什么样的日积月累的教育,让汉族的人习惯于保有如此固定的概念?

在平常的日子里,在台湾这座岛屿上,如果是以一个汉人来对待一个其他民族的人,彼此交往的心态应该是完全平等的,甚至还可能互相欣赏,成为终生的好友。

但是,奇怪的是,为什么当这个汉人融入了他背后的族群,以多数与少数来决定行止的时候，就会在忽然间变成了一个武断与专横的整体，毫不留情地造成了对周围其他民族的伤害？

为什么在一对一的时候可能会持续一生的友情，在以多数出现的时候，就会毫不顾惜地忽视你的需求，斩断了你的血源？

难道关键真的就在那日积月累的教育，使得台湾整个汉族群里大部分的人心中只有一种固定的概念，认为"少数"应该就等于可以消失、可以不存在？

邹族人今天可真是少数中的少数了。他们的祖先以玉山为发源地，在世纪大洪水消退了之后下山，循着不同的路线游猎流徙，如今除了九美社在南投之外，其他的族人都分居在阿里山上，共有七村十五部落两个大社，只有五千人。

在六十年代里，五千个人的坚持几乎是微不足道的。而在那几年中，最令人感到痛楚的是族中竟也有部分长老在宗教与政治的压力之下低头，说祭典果然是"迷信"的产物，不应该再举行了。

好在族里也有始终不肯低头的领袖人物，譬如邹族头目汪光洋先生，在那样困苦的年代里，坚持要恢复凯旋祭。

几经努力，终于，达邦社在一九六七年恢复祭典，而特富野社则重栽神树，在一九七二年重新举行凯旋祭。一九八一年，在复兴文化的号召之下，由嘉义县政府来支持，让邹族人扩大祭典，更在征求了长辈的同意之后，由高英辉先生率队到嘉义举行的区运活动中呈现凯旋祭，这是邹族圣祭第一次下山。

对那年区运会的观众来说，聆听邹族歌声，不过只是一次新奇感人的经验罢了。但是，对于邹族的子民来说，却是多少年的血泪挣扎才换来的一种敬重啊！

对于这种被人"敬重"的感觉，高先生也有很深的体会。在一九八七年左右，为了介绍邹族文化，他在族中长老的批准与祝福之下，到艺术学院去指导同学，同时还带同学上山到特富野社来亲身体会祭典的环境。这也是邹族第一次向外人传授祭典的歌舞。

但是，高英辉先生说：

"同学们年轻，没有邹人历史沧桑之感，没有必须哀鸣的心中积累，韵味的不足是必然的。特富野之行仿佛使同学们沾染了一点山野的气味，却依然无法彻底表达邹人在祭典中的精神。然而，同学们努力学习，用心揣摩；乃至穿起邹族传统服饰专心全力演练的神情，使我感到邹文化为人接受，敬重，因而感动，低回。"

感动与低回，升起了怆然今昔之感的，又何止是高先生一人而已？

四十年来，历经变乱，跟随着这个岛的命运共浮共沉的大众，也和高先生有着同样的感动与低回！

一个与从前大不相同的时代应该已经来临了罢？"多数"与"少数"的定义如今终于有了许多不同的解释。

当然，这样美丽而又庄严的歌声，确实是只有邹族的传人才能唱出其中的生命与灵魂。在这样的意义上来说，她应该只属于邹族人所有的。

可是，当汉族的年轻学子专心而又全力地揣摩学习的时候，当他们稚嫩的歌声也在阿里山的山林之中响起的时候，我相信，在场的每一颗聆听着的心灵，不管是邹族还是汉族，都会在同时变得非常温暖与柔软了罢？

"让我们就此约定，这整整的一生都不许有恨。"

是什么样的日积月累的教育，终于解开了汉族与他族人之间的心结？今天，在台湾，有多少汉族朋友伸出了他们的手，打开了他们的胸怀！有多少汉族的学者终于明白了文化的真正可贵之处，其实就在于她的纷杂与歧异。

有位智者说过这样的一句话：

"这世界若是到最后只剩下一种文化的话，也就没有文化可言了。"

是的，不管是从政治或者宗教出发，若是有一个族群处心积虑地要将他种的文化加以扑灭与同化，其实却也正是对自己文化的伤害与谋杀。

一条高速公路无可否认地是会缩短了从基隆到高雄的距离，但是，在文化发展的生态上，却绝不能只有一条路，更绝不能只容得下一条路。

不管是属于哪一个族群，我们都同是这个岛上的人，让我们学会彼此敬重罢。在不同的曲折路径上，让我们遥遥挥手互相祝福罢！

当然，终此一生，我们都不可能成为邹族人，不可能学会他们的歌，唱出那歌中的历史沧桑。但是，终此一生，我们却也都可以做一个满心欣喜的听众，庆幸有这样一座阿里山在我们的岛上，庆幸山中有这样美丽的歌声，可以一年又一年地唱下去，唱出令群山为之动摇，岚烟晚霞为之舞蹈的凯旋祭，唱出他们全族的心声，唱出他们在山林深处徜徉的自由的灵魂。

在那个时候，作为听众的我们，心中必然也会有回响，那应该是美丽而又庄严的，真正属于生命的回响。

在那个时候，邹族的歌也必然会有小小的一部分是属于我们大家的了！

这样的希望与信念，在今天来说，应该不算是过分的罢？

应该是可以期待的罢？

诗

七 里 香

溪水急着要流向海洋
浪潮却渴望重回土地

在绿树白花的篱前
曾那样轻易地挥手道别

而沧桑的二十年后
我们的魂魄却夜夜归来
微风拂过时
便化作满园的郁香

一棵开花的树

如何让你遇见我
在我最美丽的时刻　为这
我已在佛前　求了五百年
求它让我们结一段尘缘

佛于是把我化作一棵树
长在你必经的路旁
阳光下慎重地开满了花
朵朵都是我前世的盼望

当你走近　请你细听
那颤抖的叶是我等待的热情
而当你终于无视地走过
在你身后落了一地的
朋友啊　那不是花瓣
是我凋零的心

古相思曲

——只缘感君一回顾，使我思君暮与朝

古乐府

在那样古老的岁月里
也曾有过同样的故事
那弹箜篌的女子也是十六岁吗
还是说　今夜的我
就是那个女子

就是几千年来弹着箜篌等待着的
那一个温柔谦卑的灵魂
就是在莺花烂漫时蹉跎着哭泣着的
那同一个人

那么　就算我流泪了也别笑我软弱
多少个朝代的女子唱着同样的歌
在开满了玉兰的树下曾有过
多少次的别离
而在这温暖的春夜里啊
有多少美丽的声音曾唱过古相思曲

祈祷词

我知道这世界不是绝对的好
我也知道它有离别　有衰老
然而我只有一次的机会
上主啊　请俯听我的祈祷

请给我一个长长的夏季
给我一段无瑕的回忆
给我一颗温柔的心
给我一份洁白的恋情

我只能来这世上一次　所以
请再给我一个美丽的名字
好让他能在夜里低唤我
在奔驰的岁月里
永远记得我们曾经相爱的事

千年的愿望

总希望
二十岁的那个月夜
能再回来
再重新活那么一次
然而
商时风
唐时雨
多少枝花
多少个闲情的少女
想她们在玉阶上转回以后
也只能枉然地剪下玫瑰
插入瓶中

山　月

我曾踏月而来
只因你在山中
山风拂发　拂颈　拂裸露的肩膀
而月光衣我以华裳

月光衣我以华裳
林间有新绿似我青春模样
青春透明如醇酒　可饮　可尽　可别离
但终我俩多少物换星移的韶华
却总不能将它忘记

更不能忘记的是那一轮月
照了长城　照了洞庭　而又在那夜　照进山林

从此　悲哀粉碎
化做无数的音容笑貌
在四月的夜里　袭我以郁香
袭我以次次春回的怅惘

回 首

一直在盼望着一段美丽的爱
所以我毫不犹疑地将你舍弃
流浪的途中我不断寻觅
却没料到　回首之时
年轻的你　从未稍离

从未稍离的你在我心中
春天来时便反复地吟唱
那滨江路上的灰沙炎日
那丽水街前一地的月光
那清晨园中为谁摘下的茉莉
那渡船头上风里翻飞的裙裳

在风里翻飞　然后纷纷坠落
岁月深埋在土中便成琥珀
在灰色的黎明前我怅然回顾
亲爱的朋友啊
难道鸟必要自焚才能成为凤凰
难道青春必要愚昧
爱　必得忧伤

给你的歌

我爱你只因岁月如梭
永不停留　永不回头
才能编织出华丽的面容啊
不露一丝褪色的悲愁

我爱你只因你已远去
不再出现　不复记忆
才能掀起层层结痂的心啊
在无星无月的夜里

一层是一种挣扎
一层是一次蜕变
而在蓦然回首的痛楚里
亭亭出现的是你我的华年

邂 逅

你把忧伤画在眼角
我将流浪抹上额头
你用思念添几缕白发
我让岁月雕刻我憔悴的手

然后在街角我们擦身而过
漠然地不再相识
啊
亲爱的朋友
请别错怪那韶光改人容颜
我们自己才是那个化装师

月桂树的愿望

我为什么还要爱你呢
海已经漫上来了
漫过我生命的沙滩
而又退得那样急
把青春一卷而去

把青春一卷而去
洒下满天的星斗
山依旧　树依旧
我脚下已不是昨日的水流

风清　云淡
野百合散开在黄昏的山巅
有谁在月光下变成桂树
可以逃过夜夜的思念

孤　星

在天空里
有一颗孤独的星

黑夜里的旅人
总会频频回首
想象着　那是他初次的
初次的　爱恋

茉　莉

茉莉好像
没有什么季节
在日里在夜里
时时开着小朵的
清香的蓓蕾

想你
好像也没有什么分别
在日里在夜里
在每一个
恍惚的刹那间

青 春（之一）

所有的结局都已写好
所有的泪水也都已启程
却忽然忘了是怎么样的一个开始
在那个古老的不再回来的夏日

无论我如何地去追索
年轻的你只如云影掠过
而你微笑的面容极浅极淡
逐渐隐没在日落后的群岚

遂翻开那发黄的扉页
命运将它装订得极为拙劣
含着泪　我一读再读
却不得不承认
青春是一本太仓促的书

青　春（之二）

在四十五岁的夜里
忽然想起她年轻的眼睛
想起她十六岁时的那个夏日
从山坡上朝他缓缓走来
林外阳光眩目
而她衣裙如此洁白

还记得那满是茶树的丘陵
满是浮云的天空
还有那满耳的蝉声
在寂静的寂静的林中

青　春（之三）

　　　　　　我爱　在今夜
　　　　　　回看那来时的山径
　　　　　　才发现　我们的日子已经
　　　　　　用另一种全然不同的方式
　　　　　　来过了又走了

　　　　　　曾经那样热烈地计划过的远景
　　　　　　那样细致精密地描好了的蓝图
　　　　　　曾经那样渴盼着它出现的青春
　　　　　　却始终
　　　　　　始终没有来临

莲的心事

我
是一朵盛开的夏荷
多希望
你能看见现在的我

风霜还不曾来侵蚀
秋雨还未滴落
青涩的季节又已离我远去
我已亭亭　不忧　亦不惧

现在　正是
最美丽的时刻
重门却已深锁
在芬芳的笑靥之后
谁人知我莲的心事

无缘的你啊
不是来得太早　就是
太迟

晓 镜

我以为
我已经把你藏好了
藏在
那样深　那样冷的
昔日的心底

我以为
只要绝口不提
只要让日子继续地过去
你就终于
终于会变成一个
古老的秘密

可是　不眠的夜
仍然太长　而
早生的白发　又泄露了
我的悲伤

传　言

　　若所有的流浪都是因为我
　　我如何能
　　不爱你风霜的面容

　　若世间的悲苦　你都已
　　为我尝尽　我如何能
　　不爱你憔悴的心

　　他们说　你已老去
　　坚硬如岩　并且极为冷酷
　　却没人知道　我仍是你
　　最深处最柔软的那个角落
　　带泪　并且不可碰触

抉 择

假如我来世上一遭
只为与你相聚一次
只为了亿万年光里的那一刹那
一刹那里所有的甜蜜与悲凄

那么　就让一切该发生的
都在瞬间出现
让我俯首感谢所有星球的相助
让我与你相遇
　　　　与你别离
完成了上帝所作的一首诗
然后　再缓缓地老去

重 逢（之一）

灯火正辉煌　而你我
却都已憔悴　在相视的刹那
有谁听见　心的破碎

那样多的事情都已发生
那样多的夜晚都已过去
而今宵　只有月色
只有月色能如当初一样美丽

我们已无法回头　也无法
再向前走　亲爱的朋友
我们今世一无所有　也再
一无所求

我只想如何才能将此刻绣起
绣出一张绵绵密密的画页
绣进我们两人的心中
一针有一针的悲伤　与
疼痛

重 逢（之二）

在漫天风雪的路上
在昏迷的刹那间
在生与死的分界前
他心中却只有一个遗憾
遗憾今生再也不能
再也不能　与她相见

而在温暖的春夜里
在一杯咖啡的满与空之间
他如此冷漠　不动声色地
向她透露了这个秘密
却添了她的一份忧愁
忧愁在离别之后
将再也无法　再也无法
把它忘记

树的画像

当迎风的笑靥已不再芬芳
温柔的话语都已沉寂
当星星的瞳子渐冷渐暗
而千山万径都绝灭了踪迹

我只是一棵孤独的树
在抗拒着秋的来临

悲　歌

　　　　今生将不再见你
　　　　只为　再见的
　　　　已不是你

　　　　心中的你已永不再现
　　　　再现的　只是些沧桑的
　　　　日月和流年

戏　子

请不要相信我的美丽
也不要相信我的爱情
在涂满了油彩的面容之下
我有的是颗戏子的心

所以　请千万不要
不要把我的悲哀当真
也别随着我的表演心碎
亲爱的朋友　今生今世
我只是个戏子
永远在别人的故事里
流着自己的泪

生 别 离

请再看
再看我一眼
在风中　在雨中
再回头凝视一次
我今宵的容颜

请你将此刻
牢牢地记住　只为
此刻之后　一转身
你我便成陌路

悲莫悲兮　生别离
而在他年　在
无法预知的重逢里
我将再也不能
再也不能　再
如今夜这般的美丽

送 别

不是所有的梦　都来得及实现
不是所有的话　都来得及告诉你
疚恨总要深植在离别后的心中
尽管　他们说
世间种种最后终必成空

我并不是立意要错过
可是　我一直都在这样做
错过那花满枝桠的昨日　又要
错过今朝

今朝仍要重复那相同的别离
余生将成陌路　一去千里
在暮霭里向你深深俯首　请
为我珍重　尽管　他们说
世间种种最后终必　终必成空

艺 术 品

　　　　是一件不朽的记忆
　　　　　一件不肯让它消逝的努力
　　　　　一件想挽回什么的欲望

　　　　是一件流着泪记下的微笑
　　　　或者　是一件
　　　　含笑记下的悲伤

非别离

不再相见　并不一定等于分离
不再通音讯　也
并不一定等于忘记

只为　你的悲哀已揉进我的
如月色揉进山中　而每逢
夜凉如水　就会触我旧日疼痛

如 果

四季可以安排得极为黯淡
如果太阳愿意
人生可以安排得极为寂寞
如果爱情愿意
我可以永不再出现
如果你愿意

除了对你的思念
亲爱的朋友　我一无长物
然而　如果你愿意
我将立即使思念枯萎　断落

如果你愿意　我将
把每一粒种子都掘起
把每一条河流都切断
让荒芜干涸延伸到无穷远
今生今世　永不再将你想起

除了　除了在有些个
因落泪而湿润的夜里　如果
如果你愿意

尘　缘

不能像
佛陀般静坐于莲花之上
我是凡人
我的生命就是这滚滚凡尘
这人世的一切我都希求
快乐啊忧伤啊
是我的担子我都想承受
明知道总有一日
所有的悲欢都将离我而去
我仍然竭力地搜集
搜集那些美丽的纠缠着的
值得为她活了一次的记忆

错　误

假如爱情可以解释
誓言可以修改
假如　你我的相遇
可以重新安排

那么
生活就会比较容易
假如　有一天
我终于能将你忘记

然而　这不是
随便传说的故事
也不是明天才要
上演的戏剧
我无法找出原稿
然后将你
将你一笔抹去

悟

那女子涉江采下芙蓉
也不过是昨日的事
而江上千载的白云
也不过　只留下了
几首佚名的诗

那么　我今天的经历
又有些什么不同
曾让我那样流泪的爱情
在回首时　也不过
恍如一梦

绣 花 女

我不能选择我的命运
是命运选择了我

于是　日复以夜
用一根冰冷的针
绣出我曾经炽热的
青春

暮 歌

我喜欢将暮未暮的原野
在这时候
所有的颜色都已沉静
而黑暗尚未来临
在山冈上那丛郁绿里
还有着最后一笔的激情

我也喜欢将暮未暮的人生
在这时候
所有的故事都已成型
而结局尚未来临

我微笑地再作一次回首
寻我那颗曾彷徨凄楚的心

隐　痛

我不是只有　只有
对你的记忆
你要知道
还有好多好多的线索
在我心底

可是　有些我不能碰
一碰就是一次
锥心的疼痛

于是
月亮出来的时候
只好揣想你
微笑的模样
却绝不敢　绝不敢
揣想　它　如何照我
塞外家乡

乡　愁

故乡的歌是一支清远的笛
总在有月亮的晚上响起

故乡的面貌却是一种模糊的怅惘
仿佛雾里的挥手别离

离别后
乡愁是一棵没有年轮的树
永不老去

命 运

海月深深
我窒息于湛蓝的乡愁里
雏菊有一种梦中的白
而塞外
正芳草离离

我原该在山坡上牧羊
我爱的男儿骑着马来时
会看见我的红裙飘扬
飘扬　今夜扬起的是
欧洲的雾
我迷失在灰黯的巷弄里
而塞外
芳草正离离

出 塞 曲

请为我唱一首出塞曲
用那遗忘了的古老言语
请用美丽的颤音轻轻呼唤
我心中的大好河山

那只有长城外才有的清香
谁说出塞歌的调子都太悲凉
如果你不爱听
那是因为歌中没有你的渴望

而我们总是要一唱再唱
想着草原千里闪着金光
想着风沙呼啸过大漠
想着黄河岸啊　阴山旁
英雄骑马啊　骑马归故乡

长 城 谣

尽管城上城下争战了一部历史
尽管夺了焉支又还了焉支
多少个隘口有多少次悲欢啊
你永远是个无情的建筑
蹲踞在荒莽的山巅
冷眼看人间恩怨

为什么唱你时总不能成声
写你不能成篇
而一提起你便有烈火焚起
火中有你万里的躯体
有你千年的面容
有你的云　你的树　你的风

敕勒川　阴山下
今宵月色应如水
而黄河今夜仍然要从你身旁流过
流进我不眠的梦中

美丽的时刻
——给 H·P

当夜如黑色锦缎般
铺展开来　而
轻柔的话语从耳旁
甜蜜地缠绕过来
在白昼时
曾那样冷酷的心
竟也慢慢地温暖起来
就是在这样一个
美丽的时刻里
渴望
你能
拥我
入怀

新　娘

爱我　但是不要只因为
我今日是你的新娘
不要只因为这薰香的风
这五月欧洲的阳光

请爱我　因为我将与你为侣
共度人世的沧桑
眷恋该如无边的海洋
一次有一次起伏的浪
在白发时重温那起帆的岛
将没有人能记得你的一切
像我能记得的那么多　那么好

爱我　趁青春年少

伴 侣

你是那疾驰的箭
我就是你翎旁的风声
你是那负伤的鹰
我就是抚慰你的月光
你是那昂然的松
我就是缠绵的藤萝

愿
天
长
地
久
你永是我的伴侣
我是你生生世世
温柔的妻

时光的河流
——谁说我们必须老去,必须分离

可是　我至爱的
你没有听见吗
是什么从我们床前
悄悄地流过
将我惊起

黑发在雪白的枕上
你年轻强壮的身躯
安然地熟睡在我身旁
窗内你是我终生的伴侣
窗外　月明星稀

啊　我至爱的　此刻
从我们床前流过的
是时光的河吗
还是　只是暗夜里
我的恶梦　我的心悸

如歌的行板

一定有些什么
是我所不能了解的

不然　草木怎么都会
循序生长
而候鸟都能飞回故乡

一定有些什么
是我所无能为力的

不然　日与夜怎么交替得
那样快　所有的时刻
都已错过　忧伤蚀我心怀

一定有些什么　在叶落之后
是我所必须放弃的

是十六岁时的那本日记
还是　我藏了一生的
那些美丽的如山百合般的
秘密

爱的筵席

是令人日渐消瘦的心事
是举箸前莫名的伤悲
是记忆里一场不散的筵席
是不能饮不可饮　也要拼却的
一醉

盼　望

其实　我盼望的
也不过就只是那一瞬
我从没要求过　你给我
你的一生

如果能在开满了栀子花的山坡上
与你相遇　如果能
深深地爱过一次再别离

那么　再长久的一生
不也就只是　就只是
回首时
那短短的一瞬

缘　起

就在众荷之间
我把我的一生都
交付给你了

没有什么可以斟酌
可以来得及盘算
是的　没有什么
可以由我们来安排的啊

在千层万层的莲叶之前
当你一回眸

有很多事情就从此决定了
在那样一个　充满了
花香的　午后

十六岁的花季

在陌生的城市里醒来
唇间仍留着你的名字
爱人我已离你千万里
我也知道
十六岁的花季只开一次

但我仍在意裙裾的洁白
在意那一切被赞美的
被宠爱与抚慰的情怀
在意那金色的梦幻的网
替我挡住异域的风霜

爱原来是一种酒
饮了就化作思念
而在陌生的城市里
我夜夜举杯
遥向着十六岁的那一年

惑

我难道是真的在爱着你吗
难道　难道不是
在爱着那不复返的青春

那一朵
还没开过就枯萎了的花
和那样仓促的一个夏季
那一张
还没着色就废弃了的画
和那样不经心的一次别离

我难道是真的在爱着你吗
不然　不然怎么会
爱上
那样不堪的青春

疑 问

我用一生
来思索一个问题

年轻时　如羞涩的蓓蕾
无法启口

等花满枝桠
却又别离

而今夜相见
却又碍着你我的白发

可笑啊　不幸的我
终于要用一生
来思索一个问题

我的信仰

　　　　　我相信　爱的本质一如
　　　　　生命的单纯与温柔
　　　　　我相信　所有的
　　　　　光与影的反射和相投

　　　　　我相信　满树的花朵
　　　　　只源于冰雪中的一粒种子
　　　　　我相信　三百篇诗
　　　　　反复述说着的　也就只是
　　　　　年少时没能说出的
　　　　　那一个字

　　　　　我相信　上苍一切的安排
　　　　　我也相信　如果你愿与我
　　　　　一起去追溯
　　　　　在那遥远而谦卑的源头之上
　　　　　我们终于会互相明白

山　月（旧作之一）

　　在山中　午夜　松林像海浪
　　月光替松林剪影
　　你笑着说　这不是松
　　管它是什么　深远的黑　透明的蓝
　　一点点淡青　一片片银白
　　还有那幽幽的绿　映照着　映照着
　　林中的你　在　你的林中
　　你殷勤款待因为你是豪富
　　有着许许多多山中的故事
　　拂晓的星星　林火　传奇的梅花鹿
　　你说着　说着
　　却留神着不对我说　那一个字

　　我等着　用化石般的耐心
　　可是　月光使我聋了　山风不断袭来
　　在午夜　古老的林中百合苍白

山　月（旧作之二）

我曾踏月而去
只因你在山中
而在今夜诉说着的热泪里
犹见你微笑的面容

丛山黯暗
我华年已逝
想林中次次春回　依然
会有强健的你
挽我拾级而上
而月色如水　芳草萋迷

诀　别

不愿成为一种阻挡
不愿　让泪水
沾濡上最亲爱的那张脸庞

于是　在这黑暗的时刻
我悄然隐退
请原谅我不说一声再会
而在最深最深的角落里
试着将你藏起
藏到任何人　任何岁月
也无法触及的　距离

溶雪的时刻

当她沉睡时
他正走在溶雪的小镇上
渴念着旧日的
星群　并且在
冰块互相撞击的河流前
轻声地
呼唤着她的名字

而在南国的夜里
一切是如常的沉寂
除了几瓣疲倦的花瓣
因风
落在她的窗前

泪·月华

忘不了的　是你眼中的泪
映影着云间的月华

昨夜　下了雨
雨丝侵入远山的荒冢
那小小的相思木的树林
遮盖在你坟上的是青色的荫
今晨　天晴了
地萝爬上远山的荒冢
那轻轻的山谷里的野风
拂拭在你坟上的是白头的草

黄昏时
谁会到坟间去辨认残破的墓碑
已经忘了埋葬时的方位
只记得哭的时候是朝着斜阳
随便吧
选一座青草最多的
放下一束风信子
我本不该流泪
明知地下长眠的不一定是你
又何必效世俗人的啼泣

是几百年了啊
这悠长的梦　还没有醒

但愿现实变成古老的童话
你只是长睡一百年　我也陪你
让野蔷薇在我们身上开花
让红胸鸟在我们发间做巢
让落叶在我们衣褶里安息
转瞬间就过了一个世纪

但是　这只是梦而已
远山的山影吞没了你
也吞没了我忧郁的心
回去了　穿过那松林
林中有模糊的鹿影
幽径上开的是什么花
为什么夜夜总是带泪的月华

远 行

　　明日
　　明日又隔山岳
　　山岳温柔庄严
　　有郁雷发自深谷
　　重峦叠嶂
　　把我的双眸遮掩

　　再见　我爱
　　让我独自越过这陌生的涧谷
　　隔着深深的郁闷的空间
　　我的昔时在哭

自 白

别再写这些奇怪的诗篇了
你这一辈子别想做诗人
但是
属于我的爱是这样美丽
我心中又怎能不充满诗意

我的诗句像断链的珍珠
虽然残缺不齐
但是每一颗珠子
仍然柔润如初

我无法停止我笔尖的思绪
像无法停止的春天的雨
虽然会下得满街泥泞
却也洗干净了茉莉的小花心

四 季

一

让我相信　亲爱的
这是我的故事
就好像　让我相信
花开　花落
就是整个春季的历史

二

你若能忘记　那么
我应该也可以
把所有的泪珠都冰凝在心中
或者　将它们缀上
那夏夜的无垠的天空

三

而当风起的时候
我也只不过紧一紧衣裾
护住我那仍在低唱的心
不让秋来偷听

四

只为　不能长在落雪的地方
终我一生　无法说出那个盼望
我是一棵被移植的针叶木
亲爱的　你是那极北的
冬日的故土

楼兰新娘

我的爱人　曾含泪
将我埋葬
用珠玉　用乳香
将我光滑的身躯包裹
再用颤抖的手　将鸟羽
插在我如缎的发上

他轻轻阖上我的双眼
知道　他是我眼中
最后的形象
把鲜花洒满在我胸前
同时洒落的
还有他的爱和忧伤

夕阳西下
楼兰空自繁华
我的爱人孤独地离去
遗我以亘古的黑暗
和　亘古的甜蜜与悲凄

而我绝不能饶恕你们
这样鲁莽地把我惊醒
曝我于不再相识的
荒凉之上
敲碎我　敲碎我

曾那样温柔的心

只有斜阳仍是
当日的斜阳　可是
有谁　有谁　有谁
能把我重新埋葬
还我千年旧梦
我应仍是　楼兰的新娘

　　——看中视"六十分钟"介绍罗布泊，里面有考
　　古学者掘出千年前的木乃伊一具，据说发间
　　插有鸟羽，埋葬时应是新娘。

短　歌

在无人经过的山路旁
桃花纷纷地开了
并且落了

镜前的那个女子
长久地凝视着
镜里
她的芬芳馥郁的美丽

而那潮湿的季节　　和
那柔润的心
就是常常被人在太迟了的时候
才记起来的
那一种　　爱情

印　记

不要因为也许会改变
就不肯说那句美丽的誓言
不要因为也许会分离
就不敢求一次倾心的相遇

总有一些什么
会留下来的吧
留下来作一件不灭的印记
好让　好让那些
不相识的人也能知道
我曾经怎样深深地爱过你

十字路口

如果我真的爱过你
我就不会忘记

当然　我还是得
不动声色地走下去
说　这天气真好
风又轻柔
还能在斜阳里疲倦地微笑
说　人生极平凡
也没有什么波折和忧愁

可是　如果我真的爱过你
我就不会忘记

就是在这个十字路口
年轻的你我　曾挥手
从此分离

山 百 合

与人无争　静静地开放
一朵芬芳的山百合
静静地开放在我的心里

没有人知道它的存在
它的洁白
只有我的流浪者
在孤独的路途上
时时微笑地想起它来

悲喜剧

长久的等待又算得了什么呢
假如　过尽千帆之后
你终于出现
（总会有那么一刻的吧）

当千帆过尽　你翩然来临
斜晖中你的笑容　那样真实
又那样地不可置信
白苹洲啊　白苹洲
我只剩下一颗悲喜不分的心

才发现原来所有的昨日
都是一种不可少的安排
都只为了　好在此刻
让你温柔怜惜地拥我入怀
（我也许会流泪　也许不会）

当千帆过尽　你翩然来临
我将藏起所有的酸辛　只是
在白苹洲上啊　白苹洲上
那如云雾般依旧飘浮着的
是我一丝淡淡的哀伤

禅 意（之一）

当你沉默地离去
说过的　或没说过的话
都已忘记
我将我的哭泣也夹在
书页里　好像
我们年轻时的那几朵茉莉

也许会在多年后的
一个黄昏里
从偶然翻开的扉页中落下
没有芳香　再无声息

窗外那时　也许
会正落着细细的细细的雨

禅　意（之二）

当一切都已过去
我知道　我会
慢慢地将你忘记

心上的重担卸落
请你　请你原谅我
生命原是要
不断地受伤和不断地复原
世界仍然是一个
在温柔地等待着我成熟的果园

天这样蓝　树这样绿
生活原来可以
这样的安宁和　美丽

山　路

我好像答应过
要和你　一起
走上那条美丽的山路

你说　那坡上种满了新茶
还有细密的相思树
我好像答应过你
在一个遥远的春日下午

而今夜　在灯下
梳我初白的发
忽然记起了一些没能
实现的诺言　一些
无法解释的悲伤
在那条山路上
少年的你　是不是
还在等我
还在急切地向来处张望

际　遇

在馥郁的季节　因花落
因寂寞　因你的回眸
而使我含泪唱出的
不过是
一首无调的歌

却在突然之间　因幕起
因灯亮　因众人的
鼓掌　才发现
我的歌　竟然
是这一剧中的辉煌

诱 惑

终于知道了
在这叶将落尽的秋日
终于知道　什么叫做
诱惑

永远以绝美的姿态
出现在我最没能提防的
时刻的
是那不能接受　也
不能拒绝的命运

而无论是哪一种选择
都会使我流泪
使我　在叶终于落尽的那一日
深深地后悔

请别哭泣

我已无诗
世间也再无飞花　无细雨
尘封的四季啊
请别哭泣

万般　万般的无奈
爱的余烬已熄
重回人间
猛然醒觉那千条百条　都是
已知的路　已了然的轨迹

跟着人群走下去吧
就这样微笑地走到尽头
我柔弱的心啊
请试着去忘记　请千万千万
别再哭泣

结　局

　　当春天再来的时候
　　遗忘了的野百合花
　　仍然会在同一个山谷里生长
　　在羊齿的浓荫处
　　仍然会有昔日的馨香

　　可是　没有人
　　没有人会记得我们
　　和我们曾有过的欢乐与悲伤

　　而时光越去越远　终于
　　只剩下几首佚名的诗　和
　　一抹
　　淡淡的　斜阳

咏叹调

不管我是要哭泣着
或是　微笑着与你道别

人生原是一场难分悲喜的
演出　而当灯光照过来时
我就必须要唱出那
最最艰难的一幕
请你屏息静听　然后
再热烈地为我喝彩

我终生所爱慕的人啊
曲终人散后
不管我是要哭泣着
或是　微笑着与你道别
我都会庆幸曾与你同台

揣想的忧郁

我常揣想　当暮色已降
走过街角的你
会不会忽然停步
忽然之间　把我想起

而在那拥挤的人群中
有谁会注意
你突然阴暗的面容
有谁能知道
你心中刹那的疼痛

啊　我亲爱的朋友
有谁能告诉你
我今日的歉疚和忧伤
距离那样遥远的两个城市里
灯火一样辉煌

美丽的心情

假如生命是一列
疾驰而过的火车
快乐与伤悲　就是
那两条铁轨
在我身后　紧紧追随

所有的时刻都很仓皇而又模糊
除非你能停下来　远远地回顾

只有在回首的刹那
才能得到一种清明的
酸辛　所以　也只有
在太迟了的时候
才能细细揣摩出　一种
无悔的　美丽的　心情

散　戏

让我们　再回到那
最起初最起初的寂寞吧

让我们　用长长的
并且极为平凡的一生
来做一个证明

让所有好奇好热闹的人群
都觉得无聊和无趣
让一直烦扰着我们的
等着看精彩结局的观众
都纷纷退票　颓然散去

这样　才能回复到
最起初最起初的寂寞吧

到那个时候　舞台上
将只剩下一座空山
山中将空无一人　只有
好风好日　鸟喧花静
到那个时候
白发的流浪者啊　请你
请你伫足静听

在风里云里　远远地
互相传呼着的
是我们不再困惑的
年轻而热烈的声音

雨中的了悟

如果雨之后还是雨
如果忧伤之后仍是忧伤

请让我从容面对这别离之后的
别离　微笑地继续去寻找
一个不可能再出现的　你

生命的邀约

其实　也没有什么
好担心的
我答应你　雾散尽之后
我就启程

穿过种满了新茶与相思的
山径之后　我知道
前路将经由芒草萋萋的坡壁
直向峰顶　就像我知道
生命必须由丰美走向凋零

所以　如果我在这多雾的转角
稍稍迟疑　或者偶尔写些
有关爱恋的诗句
其实也没有什么好担心的

生命中有些邀约不容忘记
我已经答应了你　只等
只等这雾散尽

蜕变的过程

　　　　　我逐渐了解　生命里
　　　　　有个不悔的主题
　　　　　仿佛是一种强烈的个性才能引人
　　　　　堕落　或者超升

　　　　　我逐渐了解　那些
　　　　　坚持与无望的等待　仿佛就是
　　　　　你这一生所能给我的全部的爱
　　　　　我的了解总是逐渐的　是那种
　　　　　迟疑而又缓慢的领悟
　　　　　（在多年之后才突然掩口惊呼：
　　　　　"啊！原来……"）

　　　　　当桎梏卸落
　　　　　我终于只剩下一副透明的躯壳
　　　　　含泪　在星空中悄然掠过

真　相

一切一切的起因
只缘于　我的贪婪
我向生命索求一种
无止境的
激情与狂欢

仿佛山泉喷涌　可以永不停歇
（仿佛水畔的传说　永不湮灭）
于是　很快就到了尽头
到了最后的最后

在极远极静的岸滩上
我终将是那
悔恨的

海洋

无心的错失

经不住岁月　经不住
一次再次的检视与翻阅
最后　总是有
不得不收藏起来的时刻

生命里最不舍的那一页
藏得总是最深

也总是会有　**重重叠叠**
无心留下
却又无法消除的
折痕

最后的藉口

月圆的晚上
一切的错误都应该
被原谅　包括
重提与追悔
包括　写诗与流泪

把所有的字句
都托付给
一个恍惚的名字
把已经全然消失的时光
都拿出来细细丈量
反复排列　成行

一切都只因为
那会染　会洗　会润饰的
如水的月光

流 星 雨

就像夏夜里　那些
年轻的星群
惊讶于彼此乍放的光芒
就以为　世界是从
这一刻才开始
然后会有长长的相聚

于是微笑地互相凝视
而在那时候
我们并不知道
我们真的谁也不知道啊
年轻的爱
原来只能像一场流星雨

素描时光

在等待中　岁月顺流而来
君临一切

在开满了野花的河岸上
总会有人继续着我们的足迹
走我们没走完的路
写我们没写完的故事

甚至　互相呼唤着的
依旧是我们彼此曾经呼唤过的名字

残缺的部分

假如　列蒂齐亚
假如你可以预见
秋深后
我们再相遇在空寂的林间

曾经那样丰润的青蓝与翠绿
都已转变成枯黄与赭红

那时候　你就会明白
一切我们爱过与恨过的
其实并没有什么不同

微笑如果是为了掩饰
落泪也一样无法挽回
假如　列蒂齐亚
我们真有一日可以再相逢

那时候　你就会明白
生命中所有残缺的部分
原是一本完整的自传里
不可或缺的　内容

山　樱

当春来
当芳香依序释放

走过山樱树下
有些遥远和禁锢着的
梦境　就会
重新来临

诸如那些
未曾说出的话语
未曾实现的许诺

在极浅极淡的颜色里
流动着　一种
无处可以放置的心情

雨　夜

在这样冷的下着雨的晚上
在这样暗的长街的转角

总有人迎面撑着一把
黑色的旧伞　匆匆走过
雨水把他的背影洗得泛白

恍如岁月　斜织成
一页又一页灰蒙的诗句
总觉得你还在什么地方静静等待着我
在每一条泥泞长街的转角
我不得不逐渐放慢了脚步

回顾　向雨丝的深处

成长的定义

如果　如果再遇见你
我还有什么可以给你了呢

一切都已在禁止之列
生命严格如阶梯
一层有一层的符号和标记
（纵然在夜里　如海潮般
涌来的都是牵扯的记忆）
所有的成人　最后
都不得不刺上文身

如果　如果再遇见你
我会羞惭地流泪
（也许是因为知道
你仍然会急着要原谅我）
为那荒芜了的岁月
为我的终于无法坚持
为所有终于枯萎了的蔷薇

雾 起 时

雾起时
我就在你的怀里

这林间充满了湿润的芳香
充满了　那不断要重现的
少年时光

雾散后却已是一生
山空
湖静

只剩下那
在千人万人之中
也绝不会错认的
背影

苦 果

在整整一生都无法捉摸的幸福里
是什么　在不断刺探
我那原来已成定局的命运
是什么　在不断呼唤
我那原来已经放弃了的追寻

是什么啊　透过那忽明忽暗的思绪
在日与夜的交界处埋伏　只等我失足
曾经珍惜护持的面具已碎裂成泥
一切都只因为　我依旧深爱着你

在整整一生都无法捉摸的幸福里
无论是怎样的诱饵　怎样的幻象
我都愿意相信　愿意
为你走向那满溢着泪水与忧伤的海洋

我的心在波涛之间游走
在等待与回顾之间游走
在天堂与地狱之间
无论是怎样的诱饵　怎样的幻象
因你而生的一切苦果　我都要亲尝

雨　后

生命　其实也可以是一首诗
如果你能让我慢慢前行
静静盼望　搜寻
怀带着逐渐加深的暮色
经过不可知的泥淖
在暗黑的云层里
终于流下了泪　为所有
错过或者并没有错过的相遇

生命　其实到最后总能成诗
在滂沱的雨后
我的心灵将更为洁净
如果你肯等待
所有飘浮不定的云彩
到了最后　终于都会汇成河流

誓 言
——我将终生用一种温柔的心情来守口如瓶

今生已矣　且将
所有无法形容的渴望与企盼
凝聚成一粒孤独的种子
播在来世

让时光逝去最简单的方法
就是让白日与黑夜
反复地出现
让我长成为一株　静默的树
就是在如水的月夜里
也能坚持着　不发一言

我

我喜欢出发　喜欢离开
喜欢一生中都能有新的梦想
千山万水　随意行去
不管星辰指引的是什么方向

我喜欢停留　喜欢长久
喜欢在园里种下千棵果树
静待冬雷夏雨　春华秋实
喜欢生命里只有单纯的盼望
只有一种安定和缓慢的成长

我喜欢岁月漂洗过后的颜色
喜欢那没有唱出来的歌

我喜欢在夜里写一首长诗
然后再来在这清凉的早上
逐行逐段地检视
慢慢删去
每一个与你有着关联的字

雨 季

那么　大概只有这样了
在你厌倦之前　让我小心地
把一切的词句都换成过去式

当然　在文法上我绝对不会再错
并且绝对不去　触及
一切有关盼望的字眼或者盟约
我会小心地避过泥泞
避过生命中所有无法提及的时刻
我想　大概只能这样了
尽管在过去式里总有些许喟叹
仿佛黑夜里的舟船无法靠岸
这绵延不断的春雨　终于会变成
我心中一切温润而又阴冷的记忆
我想　大概就是这样了
幸福与遗憾原是一体的两面
你曾经那样那样爱恋过我
在你开始厌倦之前

沧桑之后

沧桑之后　也许会有这样的回顾
当你独自行走在人生的中途

一切波涛都已被引进呆滞的河道
山林变易　星光逐渐熄灭
只留下完全黑暗的天空
而我也被变造成
与起始向你飞奔而来的那一个生命
全然不同
你流泪恍然于时日的递减　恍然于
无论怎样天真狂野的心
也终于会在缰绳之间裂成碎片

沧桑之后　也许会有这样的回顾
请别再去追溯是谁先开始向命运屈服
我只求你　在那一刻里静静站立
在黑暗中把我重新想起

想我曾经怎样狂喜地向你飞奔而来
带着我所有的盼望所有的依赖　还有那
生命中最早最早饱满如小白马般的快乐
还有那失落了的山峦与草原　那一夜
桐花初放　繁星满天

追寻梦土

这里是不是那最初最早的草原
这里是不是　一样的繁星满天

这里是不是
那少年在梦中骑着骏马　曾经
一再重回　一再呼唤过的家园

如今　我要到那里去寻觅
心灵深处
我父亲珍藏了一生的梦土

梦土上　是谁的歌声嘹亮
在我父亲的梦土上啊
山河依旧　大地苍茫

篝火之歌

我心素朴　一如旷野
纵使明知那前路上
埋伏着多少不能躲闪的坎坷与灾劫

还是燃起篝火来罢
在这岁月更替的前夕

让我们举杯呼唤着祖先的灵魂
在森林如记忆一般消失之前
在湖水如幸福一般枯竭之前
在沙漠终于完全覆盖了草原之前
我们依旧愿意是个谦卑和安静的牧羊人

这黎明前满满的第一杯酒啊
依旧　要敬献给
天地诸神

契丹的玫瑰

我知道所有的一切都在慢慢离开
恍如在黎明边缘逐渐淡去的梦境

仍然感觉得到那曾经如此贴近的
悲哀与美好
却已经无从描摹　无法拥抱

若是书写真能使昔日重回
多希望一首诗的生命能如
一朵　契丹的玫瑰
即使繁华都将湮灭　即使
记忆飘浮如草原上的晨雾
即使在充满了杀伐争夺的史书里
从来没有给"美"留下任何位置

我依旧相信
有些什么在诗中一旦唤起初心
那些曾经属于我们的
美丽与幽微的本质　也许
就会重新苏醒

仿佛在那无边的旷野里
契丹人深爱的玫瑰正静静绽放
那不可名状的芳馥啊
正穿越过　千年的时光

—— 在辽宋间超过百年不交兵的时期，辽致赠给邻邦的礼物中，除了有"天下第一"美誉的鞍辔之外，还有珍贵的玫瑰油。书中说契丹的玫瑰油"其色莹白，其香芳馥，不可名状。"宋徽宗之时，这位皇帝还因为它的珍贵难求，想法去厚贿辽朝来使，终于得到了制作的秘方，才仿制成功。

在千年之前，契丹人就知道珍惜并且学会如何留住玫瑰的芳香，这样的民族，想必也应该有一颗非常细致的心罢。